Ali Babá

As 1001 Noites

E OS QUARENTA LADRÕES
E OUTROS CONTOS

Título original: *Les Mille Et Une Nuits*
Versão: *Antoine Galland*
copyright © Editora Lafonte Ltda. 2023

Todos os direitos reservados.
Nenhuma parte deste livro pode ser reproduzida por quaisquer meios existentes sem autorização por escrito dos editores.

Direção Editorial *Ethel Santaella*

REALIZAÇÃO

GrandeUrsa Comunicação

Direção	*Denise Gianoglio*
Tradução	*Otavio Albano*
Revisão	*Luciana Maria Sanches*
Capa, Projeto Gráfico e Diagramação	*Idée Arte e Comunicação*
Ilustração de Capa	*Walter Crane*

```
Dados Internacionais de Catalogação na Publicação (CIP)
         (Câmara Brasileira do Livro, SP, Brasil)

   Galland, Antoine, 1646-1715
      As mil e uma noites : Ali Babá e os quarenta
   ladrões e outros contos / versão de Antoine Galland ;
   tradução Otavio Albano. -- São Paulo : Lafonte, 2023.

      Título original: Les mille et une nuits.
      ISBN 978-65-5870-485-0

      1. Contos árabes - Adaptações 2. Contos franceses
   3. Contos - Adaptação - Literatura infantojuvenil
   I. Título.

23-165645                                       CDD-843
             Índices para catálogo sistemático:

   1. Contos : Literatura francesa    843

   Eliane de Freitas Leite - Bibliotecária - CRB 8/8415
```

Editora Lafonte

Av. Profª Ida Kolb, 551, Casa Verde, CEP 02518-000, São Paulo-SP, Brasil – Tel.: (+55) 11 3855-2100
Atendimento ao leitor (+55) 11 3855-2216 / 11 3855-2213 – atendimento@editoralafonte.com.br
Venda de livros avulsos (+55) 11 3855-2216 – vendas@editoralafonte.com.br
Venda de livros no atacado (+55) 11 3855-2275 – atacado@escala.com.br

As 1001 Noites

Ali Babá
E OS QUARENTA LADRÕES
E OUTROS CONTOS

Versão de **Antoine Galland**

Tradução
Otavio Albano

Brasil, 2023

Lafonte

Walter Crane
1874

A HISTÓRIA DE Ali Babá
E OS QUARENTA LADRÕES EXTERMINADOS POR UMA ESCRAVA

ALI BABÁ
e os Quarenta Ladrões

A sultana Sherazade, despertada pela irmã Dinarzade, sempre vigilante, contou ao sultão da Índia, seu marido, a história que ele esperava.

— Poderoso sultão — disse ela — em uma cidade da Pérsia, nos limites dos Estados de vossa majestade, havia dois irmãos, sendo que um deles se chamava Cassim e, o outro, Ali Babá. Como o pai lhes havia deixado poucos bens — e eles os haviam compartilhado igualmente — aparentemente, a fortuna deles deveria ser semelhante. O acaso, no entanto, dispôs de outra maneira.

Cassim se casou com uma mulher que, logo após o matrimônio, herdou um comércio bem estabelecido, um armazém cheio de mercadorias de qualidade, e terras; assim, de um dia para o outro, ele se viu muito bem de vida, tornando-se um dos comerciantes mais ricos da cidade.

Ali Babá, ao contrário, tendo se casado com uma mulher tão pobre quanto ele, morava em uma casa miserável e não era capaz de exercer outra atividade — a fim de ganhar a vida e sustentar a si mesmo e os filhos — além de cortar lenha em uma floresta vizinha, vindo vendê-la na cidade, depois de carregá-la em três burros, que perfaziam todos os bens dele.

ALI BABÁ
e os Quarenta Ladrões

Certo dia, Ali Babá estava na floresta, e acabara de cortar lenha suficiente para carregar seus burros, quando viu uma imensa nuvem de poeira se elevando no ar e avançando em sua direção. Olhou com atenção e conseguiu distinguir um grande bando a cavalo, que se aproximava com rapidez.

Embora não se falasse muito em ladrões naquela região, passou pela cabeça de Ali Babá que poderia ser o caso e, sem pensar no que aconteceria com os burros, tratou de salvar a própria vida. Subiu em uma grande árvore, cujos galhos baixos formavam um círculo tão fechado que mal se podia ver qualquer coisa entre eles. Colocou-se no meio da folhagem, absolutamente seguro de que não poderia ser visto, já que a árvore ficava ao pé de uma rocha completamente isolada e muito mais alta do que ela, além de tão íngreme que ninguém conseguiria escalá-la, não importando a encosta pela qual tentasse fazê-lo.

Os cavaleiros, altos, poderosos, todos bem montados e bem armados, chegaram perto da rocha, em que desmontaram; e Ali Babá, contando quarenta deles, não teve então dúvidas de que eram ladrões, pela aparência e pelos armamentos. Não se enganara: na verdade, eram ladrões que, isentando-se de fazer qualquer mal à vizinhança, iam cometer seus crimes longe dali, mantendo aquele local como ponto de reuniões — algo confirmado pelo que Ali Babá veria logo depois.

Cada um dos cavaleiros retirou as rédeas de seu cavalo, amarrando-o e colocando no pescoço do animal um saco cheio de cevada que traziam na garupa; e pegaram então suas respectivas malas, parecendo tão pesadas que Ali Babá imaginou estarem cheias de moedas de ouro e prata.

O que se destacava entre eles — que Ali Babá concluiu ser o capitão dos ladrões — carregando também sua mala, aproximou-se da sólida rocha perto da grande árvore em que se refugiara e, depois de passar por alguns arbustos, proferiu as palavras — Abre-te, Sésamo! — com tamanha clareza, que Ali Babá pôde ouvi-las distintamente. E, assim que o capitão dos ladrões as pronunciou, uma porta se abriu e, depois de ele ter conduzido toda a sua gente porta adentro, seguiu-os, fechando-se a porta logo atrás de si.

Os ladrões permaneceram no interior da rocha por muito tempo, e Ali Babá, que temia que um deles, ou mesmo todos, saísse caso ele deixasse seu posto para se salvar, foi forçado a se manter na árvore, esperando pacientemente. Passou pela cabeça dele, no entanto, a tentação de descer e pegar dois dos cavalos, montando um e conduzindo o outro pelas rédeas, dirigindo-se à cidade com seus três burros logo atrás; mas a incerteza de sucesso o levou a tomar o caminho mais seguro.

A porta, por fim, abriu-se novamente, os quarenta ladrões saíram e, em vez de se retirar por último, o capitão foi o primeiro a fazê-lo, aguardando os outros passarem diante de si. Ali Babá ouviu-o fechar a porta com as palavras seguintes: — Fecha-te, Sésamo. — Cada um dos ladrões voltou para seu cavalo, retomou as rédeas, recolocou a mala no lombo do animal e montou novamente. Ao fim, quando o tal capitão viu que todos estavam prontos para partir, colocou-se à frente da tropa e retomou com os outros o caminho por onde tinham vindo.

Ali Babá não desceu da árvore logo depois, pensando consigo mesmo: "Eles podem ter se esquecido de algo que os obrigará a voltar, e eu seria pego caso isso acontecesse". Seguiu-os com os olhos até perdê-los de vista e, para se sentir mais seguro, foi descer só muito tempo depois. Como se lembrasse das palavras com que o capitão dos salteadores fizera abrir e fechar a porta, teve a curiosidade de testar se, ao pronunciá-las ele também, teriam o mesmo efeito. Passou por entre os arbustos e avistou a porta que eles ocultavam. Postou-se diante dela e disse: — Abre-te, Sésamo. — Instantaneamente, a porta se escancarou.

Ali Babá esperava encontrar um lugar tenebroso, mergulhado na escuridão; porém se surpreendeu ao se deparar com um salão bem iluminado, vasto e espaçoso, uma imensa abóbada escavada na rocha por mãos humanas, recebendo a luz por uma abertura igualmente perfurada no alto da rocha. Avistou também grandes provisões de comida, pilhas de ricas mercadorias, tecidos de seda e bordados, caros tapetes e, principalmente, moedas de ouro e prata, em pilhas, sacos e grandes bolsas de couro umas sobre as outras; e, ao ver tudo aquilo, teve a impressão de que já fazia não anos, e sim séculos que a gruta servia de refúgio para sucessivas gerações de ladrões.

Ali Babá não vacilou quanto ao papel que deveria assumir: entrou na caverna, e a porta se fechou assim que o fez, mas isso não lhe causou preocupação, pois ele sabia o segredo que a faria abrir novamente. Não se fixara à prata, e sim às moedas de ouro e, particularmente, ao conteúdo dos sacos; agarrou tantos quantos podia levar, suficientes para carregar os três burros. Reuniu os animais, que haviam se espalhado e, ao trazê-los para perto da rocha, carregou-os com os sacos, colocando sobre eles feixes de lenha, para escondê-los da vista de quem quer que fosse. Quando terminou, postou-se diante da porta, e foi preciso que dissesse — Fecha-te, Sésamo — para que ela por fim se trancasse, visto que fechava sozinha sempre que ele entrava, e permanecia aberta toda vez que da caverna ele saía.

Feito isso, Ali Babá voltou para a cidade e, chegando em casa, conduziu os burros para um pequeno pátio e fechou a porta com muito cuidado. Pôs no chão as poucas amarras de lenha que cobriam os sacos, levando-os para dentro da casa e os dispondo diante da esposa, que estava sentada em um sofá.

Sua esposa manuseou os sacos e, notando que estavam cheios de dinheiro, suspeitou que o marido os tivesse roubado; assim, logo que ele terminou de trazê-los, não conseguiu se conter e lhe disse: — Ali Babá, você é tão desafortunado a ponto de... — Ali Babá a interrompeu: — Calma, minha esposa — disse — não se assuste, não sou ladrão, a menos que eu seja assim considerado por ter roubado ladrões. Você não vai mais pensar mal de mim depois que eu lhe relatar a sorte que tive. Ele esvaziou os sacos, formando uma grande pilha de ouro, deslumbrando a esposa; ao terminar de empilhar as moedas, contou-lhe sua aventura do começo ao fim e, ao concluir, recomendou-lhe sobretudo que mantivesse segredo.

A mulher, recuperando-se do terror por que passara, alegrou-se com o marido pela felicidade que lhes acontecera, e quis contar, moeda por moeda, todo o ouro que tinha diante de si: — Minha esposa — disse-lhe Ali Babá — você não está agindo sabiamente. O que pretende fazer? Vou cavar uma cova e enterrar o ouro, não temos tempo a perder. — Seria bom — retomou a mulher — que pelo menos soubéssemos mais ou menos quanto ouro temos. Vou procurar uma balança na vizinhança e meço a quantidade de ouro enquanto você cava a cova. — Minha esposa — respondeu Ali Babá — o que você pretende não servirá de nada, não perderia tempo se acreditasse em mim. No entanto, faça como quiser, mas se lembre de guardar segredo.

Para satisfazer sua vontade, a mulher de Ali Babá sai e vai até a casa de Cassim, seu cunhado, que morava perto dali. Cassim não estava em casa e, na ausência dele, ela se dirige à sua esposa, e lhe pede que empreste uma balança por alguns instantes. A cunhada pergunta se ela quer uma balança grande ou pequena, e a esposa de Ali Babá responde que prefere a pequena. — Empresto-lhe com muito prazer — diz a cunhada — espere um momento e já voltarei com ela.

A cunhada vai procurar a tal balança; encontra-a, mas, como conhece muito bem a pobreza de Ali Babá, fica curiosa para saber que tipo de grão a esposa dele pretende pesar e tem a ideia de besuntar os pratos da balança com sebo, fazendo-o antes de emprestá-la. Voltando, entrega a balança à esposa de Ali Babá, pedindo-lhe desculpas por deixá-la esperando, dizendo que havia tido dificuldades para encontrá-la.

A esposa de Ali Babá volta para casa, coloca as moedas de ouro na balança, enchendo-a e a esvaziando até terminar de medir o quanto eles têm; satisfeita com a quantidade que encontrara, relata ao marido, que acabara de terminar a escavação da cova.

Enquanto Ali Babá enterrava o ouro, a esposa, para mostrar pontualidade e cuidado à cunhada, foi lhe devolver a balança, sem perceber que uma das moedas havia ficado presa embaixo do prato. — Minha cunhada — disse ela, ao devolvê-la — perceba que não demorei muito para restituir sua balança. Fico-lhe muito grata, cá está ela.

A esposa de Ali Babá mal tinha virado as costas, e a mulher de Cassim olhou debaixo dos pratos, ficando absolutamente espantada ao ver uma moeda de ouro presa a um deles. Naquele mesmo instante, a inveja tomou conta de seu coração. — O quê? — disse ela. — Ali Babá tem ouro suficiente para pesá-lo! E onde aquele miserável conseguiu todo esse ouro? — Cassim, seu marido, não se encontrava em casa, como já dissemos: estava em seu comércio, de onde não deveria voltar até a noite. Todo o tempo que ela teve de esperar lhe pareceu um século, tamanha a impaciência para lhe relatar a grande notícia, que faria com que ele ficasse tão surpreso quanto ela.

Quando Cassim chega em casa, disse-lhe: — Cassim, você pensa ser rico, mas está errado. Ali Babá é infinitamente mais rico do que você; ele não conta seu ouro como você, ele precisa pesá-lo. — Cassim pediu à esposa que explicasse aquele enigma, e ela lhe esclareceu, relatando o meio que utilizara para fazer tal descoberta e lhe mostrando a moeda que encontrara presa no prato da balança, uma moeda tão antiga que o nome do príncipe cunhado nela lhe era desconhecido.

Longe de se mostrar sensível à felicidade que poderia ter acontecido ao irmão, livrando-o da miséria, Cassim foi tomado por um ciúme mortal. Passou quase a noite toda sem dormir. No dia seguinte, dirigiu-se à casa do irmão antes mesmo do nascer do sol. Nem sequer o chamou de irmão, tendo esquecido tal nome desde que se casara com a viúva rica.
— Ali Babá — disse ele, abordando-o — você é bastante reservado em seus negócios: vive se fazendo de pobre, de miserável, de mendigo e tem que medir quanto ouro tem!

— Meu irmão — respondeu Ali Babá — não faço ideia do que veio falar comigo, explique-se. — Não se faça de bobo — retrucou Cassim, mostrando-lhe a moeda de ouro que a esposa havia colocado em suas mãos. — Quantas moedas tem iguais a esta — acrescentou — que minha esposa encontrou presa sob o prato da balança que sua mulher veio tomar emprestada ontem?

    Diante dessa fala, Ali Babá ficou sabendo que Cassim e a esposa dele (em virtude da teimosia de sua própria mulher) já haviam descoberto o que ele tanto queria manter em segredo. Mas o mal já estava feito, não poderia ser reparado. Sem dar ao irmão o mínimo sinal de espanto ou tristeza, confessou-lhe o que ocorrera e contou como e onde descobrira o esconderijo dos assaltantes, oferecendo-se — caso mantivesse segredo — para compartilhar o tesouro com ele.

    — Concordo — respondeu Cassim com um ar orgulhoso — mas — acrescentou ele — também quero saber exatamente onde se encontra esse tesouro, as instruções para lá chegar, as marcas no caminho e como eu mesmo poderia lá entrar se quisesse; caso contrário, vou denunciá-lo à polícia. Se você se negar a fazê-lo, não só não poderá pegar mais nada do tesouro, como ainda há de perder o que dele levou, ao passo que eu receberei minha parte por tê-lo denunciado.

Ali Babá, mais por sua boa índole do que intimidado pelas ameaças insolentes de um irmão desumano, deu-lhe todas as informações que ele desejava, incluindo as palavras que deveria usar, tanto para entrar na caverna, como para sair dela.

Cassim não pediu mais nada para Ali Babá. Saiu de casa decidido a ser mais rápido do que ele, cheio de esperança de se apoderar do tesouro. Partiu na manhã seguinte, antes do raiar do sol, com dez mulas carregadas de grandes baús — que pretendia abarrotar de tesouros — reservando-se o direito de levar ainda maior número em uma segunda viagem, proporcionalmente às fortunas que encontrasse na caverna.

Ele toma o caminho que Ali Babá havia lhe ensinado, chega perto da rocha e reconhece as marcas e a árvore onde o irmão se escondera. Procura a porta, encontra-a e, para abri-la, pronuncia as palavras: — Abre-te, Sésamo. — Abre-se a porta, ele entra e, de imediato, ela se fecha de novo. Ao examinar a caverna, ele fica extremamente admirado ao ver muito mais riqueza do que havia imaginado com o relato de Ali Babá, e sua surpresa só aumenta ao examinar cada item em detalhes. Avarento e amante da riqueza como era, teria passado todo o dia deleitando os olhos ao ver tanto ouro se não tivesse passado por sua cabeça que viera roubá-lo, levando-o em suas dez mulas. Ele enche vários sacos, tantos quantos pode carregar e, dirigindo-se até a porta para abri-la, com a mente ocupada com inúmeros pensamentos — e não aquele que mais deveria lhe importar naquele momento — se esquece da fala exigida, dizendo, em vez de "Sésamo": — Abre-te, Gergelim. — Fica, então, bastante espantado ao ver que a porta, longe de abrir, continua fechada. Cita vários outros nomes de grãos, à exceção do correto, e a porta não se abre.

Cassim não esperava por isso. Diante do enorme perigo em que se vê, o medo toma conta dele e, quanto mais se esforça para lembrar a palavra "Sésamo", mais confusa fica sua mente e o nome correto se mostra absolutamente ausente, como se nunca o tivesse ouvido na vida. Ele joga no chão os sacos que havia enchido. Caminha a passos largos por toda a caverna, ora para um lado, ora para outro, e todas as riquezas de que se vê cercado já não o emocionam. Deixemos Cassim lamentando seu destino, ele não merece compaixão.

Em torno do meio-dia, os ladrões estavam de volta na gruta e, quando se encontravam muito perto da entrada, viram os animais de Cassim, carregados de baús, ao redor da rocha; preocupados com a novidade, avançaram a toda velocidade, afugentando as dez mulas — pois, como Cassim não se preocupara em amarrá-las, elas pastavam livremente e acabaram se dispersando por todo canto da floresta, indo tão longe que logo os ladrões as perderam de vista.

Eles nem sequer se deram ao trabalho de correr atrás delas: para eles, era mais importante encontrar a quem pertenciam. Enquanto alguns deram a volta na rocha para procurar seu dono, o capitão do grupo, acompanhado dos que restaram, avança para a porta com o sabre na mão e pronuncia as palavras mágicas — e a porta se abre.

Cassim, que ouviu o barulho dos cavalos do interior da caverna, não teve dúvidas quanto à chegada dos ladrões nem quanto à sua perda iminente. Decidido a pelo menos fazer um esforço para escapar de suas mãos e se salvar, ele estava pronto para escapulir assim que a porta se abrisse. Logo que a viu aberta — depois de ter ouvido "Sésamo", a palavra que sumira de sua memória — saiu de maneira tão abrupta que acabou por levar o capitão ao chão. Mas não escapou dos outros ladrões, que também tinham sabres nas mãos e trataram de tirar a vida dele no mesmo instante.

A primeira atitude que tomaram, depois da execução de Cassim, foi entrar na gruta: perto da porta encontraram os sacos que ele começara a retirar para carregar as mulas e recolocaram o ouro em seu devido lugar, sem dar pela falta da quantidade que Ali Babá havia retirado antes. Depois de deliberar a respeito do que se sucedera, compreenderam o motivo de Cassim não ter conseguido sair da caverna; mas não foram capazes de imaginar como poderia ter entrado. Ocorreu-lhes que ele poderia ter descido pelo alto da caverna, porém a abertura através da qual o sol entrava era tão alta e o topo da rocha tão inacessível — sem contar o fato de que não houvesse nada que lhes indicasse como o teria feito — que concordaram que o método usado estava além de sua compreensão. Nada lhes convenceria que o sujeito havia entrado pela porta, a menos que ele soubesse a senha para abri-la. Contudo tinham certeza de que eram os únicos que a conheciam, pois ignoravam ter sido vigiados por Ali Babá, que descobrira seu segredo.

De qualquer modo, como se tratava da segurança da riqueza de todos, concordaram em cortar o cadáver de Cassim em quatro partes, colocando-as dentro da caverna, perto da porta, duas de um lado e duas do lado oposto, a fim de aterrorizar qualquer um que tivesse a ousadia de lá entrar e o obrigando a voltar à caverna apenas depois de muito tempo, já que teria exalado o fedor do cadáver. Tomada essa decisão, executaram-na e, não tendo mais nada a fazer ali, deixaram o local de guarda de suas economias hermeticamente fechado, montaram novamente nos cavalos e partiram para explorar as estradas de passagem das caravanas, a fim de atacá-las e exercer seus roubos costumeiros.

Enquanto isso, a esposa de Cassim havia ficado bastante preocupada, ao ver que já era tarde da noite e o marido não retornara. Então, ela foi até a casa de Ali Babá bastante alarmada e lhe disse: — Cunhado, acredito que você desconheça tanto que Cassim, seu irmão, tenha ido para a floresta, como o motivo que o levou a fazê-lo. Ele ainda não voltou, e já é tarde da noite. Temo que algum infortúnio tenha acontecido com ele.

Ali Babá havia desconfiado da viagem do irmão após tudo que lhe dissera, por isso evitou ir à floresta naquele dia, para não dar a impressão de estar o seguindo. Sem falar nada que pudesse ofender tanto o irmão — caso ainda estivesse vivo — como a esposa dele, disse-lhe que ela não devia se sentir alarmada e que, aparentemente, Cassim achara por bem não regressar à cidade no meio da noite.

A esposa de Cassim acreditou nele, ainda mais depois de considerar o quão importante para o marido era manter segredo do que estava fazendo. Ela voltou para casa e esperou pacientemente até a meia-noite. Mas, depois desse horário, seus temores redobraram e sua aflição se tornou ainda mais pungente, por ela não poder aliviá-la aos gritos, uma vez que era obrigada a ocultar da vizinhança a causa de sua dor. Assim, se sua culpa era de fato irreparável, arrependeu-se da insana e repreensível curiosidade que sentira de se meter nos negócios do cunhado e da cunhada. Passou a noite aos prantos e, ao raiar do dia, correu para a casa dos parentes e lhes anunciou, muito mais com as lágrimas do que com palavras, o assunto que a levara até eles.

Ali Babá não esperou a cunhada lhe implorar que fosse ver o que acontecera a Cassim. Ele partiu imediatamente para a floresta com seus três burros, depois de aconselhá-la a moderar a aflição. Ao aproximar-se da rocha, depois de não ter visto nem o irmão nem as dez mulas por todo o caminho, ficou surpreso ao observar manchas de sangue perto da porta, interpretando tudo aquilo como um mau presságio.

ALI BABÁ
e os Quarenta Ladrões

Postou-se diante da caverna e pronunciou as palavras mágicas: abriu-se a porta e ele ficou impressionado com a triste visão do corpo do irmão, dilacerado em quatro partes. Não hesitou em lhe prestar suas últimas homenagens, esquecendo-se da pouca afeição que Cassim nutria por ele. Encontrou na caverna o suficiente para arrumar as quatro partes em dois sacos, carregando-os em um dos burros e os tampando com lenha. Quanto aos outros dois burros, abasteceu-os sem perda de tempo com sacos cheios de ouro — sempre com lenha por cima, como da primeira vez — e fechou a porta assim que terminou a empreitada, pegando o caminho de volta, tomando o cuidado de pousar no limite da floresta por tempo suficiente para que ficasse de noite antes de entrar novamente na cidade. Ao chegar em casa, trouxe para seu pátio apenas os dois burros carregados de ouro e, depois de pedir à mulher que os descarregasse, contando-lhe em poucas palavras o que acontecera a Cassim, levou o outro burro à cunhada.

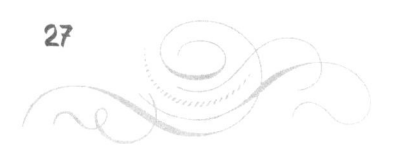

Ali Babá bateu à porta, que lhe foi aberta por Morgiane, uma escrava que ele conhecia por ser muito jeitosa, esperta e hábil em fazer com que as situações mais difíceis tivessem bom desfecho. Ao entrar no pátio, descarregou a lenha e os dois sacos do burro e, puxando Morgiane de lado, disse: — Morgiane, a primeira coisa que vou lhe pedir é um segredo inviolável, e você vai perceber o quão necessário é todo esse mistério, tanto para sua senhora como para mim. Esses dois sacos contêm o corpo do seu senhor. Temos que enterrá-lo como se ele houvesse tido uma morte natural. Deixe-me falar com sua senhora e preste atenção ao que vou dizer para ela.

Morgiane informou sua senhora, e Ali Babá, que a seguia, entrou. — E então — perguntou-lhe a cunhada, tomada de impaciência — que notícias traz você do meu marido? Não vejo nada em seu rosto que possa me consolar.

— Minha cunhada — respondeu Ali Babá — não poderei lhe dizer nada se não me prometer me ouvir do começo ao fim sem abrir a boca. É tão importante para você quanto para mim, diante do que aconteceu, manter segredo de tudo o que lhe vou dizer — para o seu próprio bem, e para sua paz de espírito.

— Ah! — exclamou a cunhada, sem levantar a voz. — Essa introdução me faz saber que meu marido já não está entre nós. Porém, ao mesmo tempo, sei da necessidade do sigilo que você me pede. Devo me controlar. Diga, estou ouvindo.

Ali Babá lhe relatou então o sucesso de sua viagem, até o momento em que chegara com o corpo de Cassim. — Minha cunhada — acrescentou — sei que tudo isso é razão para uma aflição ainda maior, visto que você nada esperava. Embora não haja remédio para esse mal, proponho que junte seus bens aos poucos que Deus me enviou, casando-se comigo — se é que isso será capaz de consolá-la — e lhe asseguro que minha esposa não terá ciúmes, e vocês viverão bem juntas. Se a proposta lhe convém, você deve se preocupar em fazer parecer com que meu irmão tenha tido uma morte natural, algo de que, imagino eu,

Morgiane seja capaz de se ocupar; de minha parte, contribuirei com tudo o que estiver ao meu alcance.

Que caminho melhor poderia tomar a viúva de Cassim do que aquele que Ali Babá lhe propusera — justamente ela, que, com a propriedade que lhe restava da morte do primeiro marido, encontrara outro ainda mais rico do que ela e, com o tesouro que este descobrira, poderia se tornar ainda mais rico? Ela não recusou a proposta, muito pelo contrário, considerou-a um motivo bastante razoável de consolo. Ao enxugar as lágrimas, que começara a derramar em abundância, e ao suprimir os gritos lancinantes comuns às mulheres que perderam o marido, ela deu a Ali Babá suficiente testemunho de ter aceitado sua oferta.

Ali Babá, deixando em tal estado de espírito a viúva de Cassim, aconselhou Morgiane a cumprir o que lhe prometera e voltou para casa com seu burro. Morgiane não esqueceu de sua missão; saiu ao mesmo tempo que Ali Babá, dirigindo-se a um boticário da vizinhança.

Ela bate à porta da loja, que lhe é aberta, e pede um tipo de comprimido muito apropriado às doenças mais perigosas. O boticário entrega o remédio em troca do dinheiro que ela lhe apresentara, perguntando quem está doente na casa de seu senhor. — Ah! — diz ela, soltando um grande suspiro. — Trata-se de Cassim, meu bom senhor. Não sabemos nada de sua doença, ele não fala nem consegue comer. — Isso dito, leva os comprimidos, que serão completamente inúteis para Cassim.

No dia seguinte, Morgiane volta ao mesmo boticário e pede, com lágrimas nos olhos, uma essência que era costume ministrar aos doentes somente em último caso, e se esse remédio não os fizesse voltar à vida, nada mais poderia se esperar. — Ai — disse ela, com grande aflição, recebendo a essência das mãos do boticário — tenho muito medo de que esse medicamento não faça efeito, assim como ocorreu com os comprimidos. Ah! Estou a ponto de perder tão bom senhor!

Além disso, como se via Ali Babá e a esposa com um ar triste, indo e voltando da casa de Cassim o dia todo, ninguém se surpreendeu, ao anoitecer, ao ouvir os choros lamentáveis da esposa de Cassim, e especialmente de Morgiane, que anunciou que Cassim estava morto.

No dia seguinte, de manhã cedo, quando o sol estava apenas começando a aparecer, Morgiane vai até a praça para se encontrar com um bom e velho sapateiro que conhecia um comerciante que abria sua loja diariamente, muito antes de seus colegas de profissão. Aproxima-se dele e o cumprimenta, colocando uma moeda de ouro em sua mão.

Baba Mustafá é a alcunha pela qual tal sapateiro era conhecido por todos. Ele era naturalmente alegre, sempre disposto a contar uma piada, e fitou atentamente a moeda — já que ainda não estava claro. Vendo que era uma moeda de ouro, disse: — Mas que sorte, do que se trata? Estou disposto a fazer um bom trabalho.

— Baba Mustafá — disse-lhe Morgiane — pegue tudo de que precisa para costurar e venha comigo sem demora, mas com a condição de que eu possa vendá-lo quando chegarmos a um lugar específico.

Diante dessas palavras, Baba Mustafá deteve-se: — Ah, ah! — retrucou ele. — Você quer que eu faça algo contra minha consciência ou contra minha honra? — Colocando outra moeda de ouro na mão dele, Morgiane respondeu: — Que Deus me proíba de lhe exigir que faça algo desonroso. Pode vir comigo, sem medo.

Baba Mustafá se deixou conduzir, e Morgiane, depois de lhe vendar os olhos com um lenço no local que havia marcado, levou-o até a casa de seu falecido senhor, e só tirou a venda no quarto onde havia colocado o corpo, com cada parte em seu devido lugar. Ao remover o lenço, disse: — Baba Mustafá, trouxe-o para costurar as partes. Não perca tempo e, quando terminar, dar-lhe-ei outra moeda de ouro.

Quando Baba Mustafá terminou o trabalho, Morgiane o vendou novamente no mesmo quarto; depois de ter lhe dado a terceira moeda de ouro que havia prometido e recomendar segredo, levou-o de volta ao local onde o vendara da primeira vez, deixando-o retornar ao seu comércio após ter retirado o lenço de sua vista e o acompanhando com os olhos até não poder mais vê-lo, a fim de evitar que ele cedesse à curiosidade e a seguisse.

Morgiane colocara água para esquentar, a fim de lavar o corpo de Cassim. Ali Babá, chegando à casa ao mesmo tempo que ela, lavou-o, perfumou-o com incenso e o vestiu com as cerimônias habituais, visto que o carpinteiro trouxera o caixão que Ali Babá havia pedido antecipadamente.

Para que o carpinteiro não percebesse nada, Morgiane o recebeu à porta, e depois de pagá-lo e mandá-lo embora, ajudou Ali Babá a colocar o corpo no caixão; e, assim que ele pregou com muito cuidado as tábuas que o cobriam, ela foi à mesquita para anunciar que tudo estava pronto para o enterro. Os religiosos que tinham a função de lavar o corpo dos mortos se ofereceram para cumprir sua função, mas ela lhes disse que já estava tudo pronto.

ALI BABÁ
e os Quarenta Ladrões

Morgiane acabara de entrar na casa quando o imã[1] e outros ministros da mesquita chegaram. Quatro dos vizinhos reunidos carregaram o caixão nos ombros e, seguindo o imã, que recitava as orações, levaram-no até o cemitério. Morgiane em prantos, como escrava do defunto, seguia de cabeça descoberta, soltando gritos lamentáveis, batendo no peito com grandes golpes e arrancando os cabelos; Ali Babá caminhava logo atrás, acompanhado pelos vizinhos, que se revezavam de tempos em tempos na condução do caixão até a chegada ao cemitério.

Quanto à esposa de Cassim, ela permanecera em casa, lamentando e soltando gritos de lamúria com as mulheres da vizinhança, que, segundo o costume, para lá acorreram durante a cerimônia do enterro, juntando suas lamentações às dela, enchendo de tristeza todo o bairro, e muito além de suas fronteiras.

---

1   Na religião muçulmana, sacerdote encarregado de conduzir as preces na mesquita. (N. do T.)

Assim, o conhecimento real da morte de Cassim ficou restrito a Ali Babá, sua esposa, a viúva de Cassim e Morgiane — ficando de tal maneira ocultado que ninguém na cidade soube o que de fato se passara, sem nem sequer ter qualquer suspeita do ocorrido.

Três ou quatro dias depois do enterro de Cassim, Ali Babá carregou os poucos móveis que tinha — com o dinheiro que havia tirado do tesouro dos ladrões, que só levava para a casa da viúva do irmão na calada da noite — para ali se estabelecer, dando a conhecer seu novo casamento com a cunhada. E, como esse gênero de casamento não é extraordinário em nossa religião, ninguém ficou surpreso.

Quanto à loja de Cassim, Ali Babá a ofereceu a um dos filhos — que completara seu aprendizado havia algum tempo com outro comerciante, testemunha de sua boa conduta profissional — prometendo-lhe que, caso ele continuasse a se portar com sabedoria, não demoraria a lhe arranjar um casamento, de acordo com sua posição.

ALI BABÁ
e os Quarenta Ladrões

Deixemos Ali Babá aproveitar o início de sua boa fortuna e falemos dos quarenta ladrões. Eles voltaram ao retiro da floresta no horário habitual, mas ficaram muito surpresos ao não encontrar o corpo de Cassim, surpresa que só aumentou ao constatarem a subtração de seus sacos de ouro. — Seremos descobertos e estaremos perdidos — disse o capitão — se não nos atentar ao que aconteceu. Devemos buscar sem demora um remédio para essa situação, caso contrário, e sem nem sequer perceber, vamos perder grande parte da riqueza que nós e nossos ancestrais acumulamos à custa de muito sofrimento e cansaço. Dado o prejuízo que nos causaram, só podemos julgar que o ladrão que surpreendemos sabia as palavras mágicas que abrem a porta e que, felizmente, chegamos no exato momento em que ele estava prestes a sair. Mas ele não era o único, outro deve conhecer a senha. Seu corpo ausente e nosso tesouro diminuído são sinais indiscutíveis disso. E, como não parece haver mais do que duas pessoas cientes de nosso segredo, depois de matar uma, deveremos matar a outra da mesma maneira. O que me dizem, bravos homens? Não concordam comigo?

A proposta do capitão dos ladrões foi considerada tão razoável pelos companheiros que todos a aprovaram, concordando que deveriam abandonar qualquer empreitada para se dedicar apenas a essa, sem dela desistir até obter sucesso.

— Eu não esperava menos de sua coragem e bravura — retomou o capitão — mas, antes de tudo, um de vocês — alguém ousado, habilidoso e diligente — deve ir até a cidade, desarmado e com trajes de viajante estrangeiro, e empregar toda a sua habilidade para descobrir se estão comentando a estranha morte daquele que massacramos como merecido, assim como quem era e em que casa morava. É isso que nos importa saber antes de tudo, para que não façamos nada de que possamos nos arrepender, tornando-nos conhecidos em um local onde há tanto tempo permanecemos incógnitos, e onde temos o maior interesse de assim continuar. Mas, a fim de motivar aquele entre vocês que se oferecer para assumir tal missão, e evitar que ele cometa o erro de nos apresentar um relatório mentiroso em vez de um verdadeiro — o que seria capaz de causar nossa ruína — pergunto-lhes se não acham apropriado que, nesse caso, o voluntário se submeta à pena de morte.

Sem esperar que os outros se manifestassem, um dos ladrões disse: — Eu me submeto a essa penalidade, e me orgulho de arriscar minha própria vida assumindo tal missão. Se não tiver sucesso, ao menos vocês se lembrarão de que não me faltou boa vontade, tampouco coragem, para levar a cabo o bem comum do grupo.

Esse ladrão, depois de receber muitos elogios do capitão e seus camaradas, disfarçou-se de tal modo que ninguém poderia reconhecer seu ofício. Separando-se da tropa, esperou a noite para partir, e foi tão precavido que adentrou a cidade apenas quando o dia começava a despontar. Caminhou até a praça, onde viu apenas uma loja aberta, a loja de Baba Mustafá.

Baba Mustafá estava sentado em sua cadeira, furador na mão, já pronto para começar o trabalho. O ladrão se aproximou dele, desejou-lhe bom dia e, como havia notado sua idade avançada, disse: — Meu bom homem, você começa a trabalhar muito cedo; não é possível que já consiga ver claramente, em virtude de sua idade. E, mesmo quando ficar mais claro, duvido que ainda tenha olhos bons o suficiente para costurar.

— Seja você quem for — retrucou Baba Mustafá — não deve me conhecer. Por mais velho que eu pareça, ainda tenho olhos excelentes, e não há de duvidar disso quando souber que, não faz muito tempo, costurei um cadáver em um local não muito mais claro do que está aqui agora.

O ladrão ficou extasiado por, logo ao chegar à cidade, já ter se dirigido a um homem que certamente lhe deu a notícia que esperava, sem que nem mesmo tivesse que lhe fazer qualquer pergunta. — Um morto! — retomou ele espantado, justamente para fazê-lo falar. — Mas por que costurar um cadáver? — acrescentou. — Está querendo me dizer que, aparentemente, você costurou a mortalha em que ele foi enterrado?

— Não, não — respondeu Baba Mustafá — sei muito bem o que quero dizer. E sei que está me tentando fazer falar, mas não saberá mais nada de minha boca.

O ladrão não precisou de mais esclarecimentos para ficar convencido de que descobrira justamente o motivo de sua vinda. Ele pegou uma moeda de ouro e, colocando-a na mão de Baba Mustafá, disse-lhe: — Não tenho a intenção de desvendar seu segredo, embora possa lhe assegurar que não o revelaria se você o confiasse a mim. A única coisa que peço é que faça o favor de me dizer, ou mesmo me mostrar, onde se encontra a casa na qual costurou esse cadáver.

— Mesmo que quisesse lhe conceder o favor que me pede — retrucou Baba Mustafá, segurando a moeda de ouro, pronto para devolvê-la — garanto que não poderia fazê-lo, e terá que acreditar em minha palavra. Eis o porquê: fui levado até determinado ponto, onde fui vendado e, de lá, deixei-me conduzir até a tal casa, de onde, depois que cumpri o que tinha ido fazer, trouxeram-me de volta da mesma forma, até o mesmo ponto. Pode ver, então, minha impossibilidade de lhe fazer esse favor.

— Pelo menos — retomou o ladrão — você deve se lembrar mais ou menos do caminho que fez com os olhos vendados. Por favor, venha comigo, vou vendá-lo naquele mesmo ponto, e caminharemos juntos pelo caminho e pelos desvios que você for capaz de recordar. E, como todo esforço merece uma recompensa, eis aqui mais uma moeda de ouro: venha, faça-me o favor que peço. — E, dizendo essas palavras, colocou outra moeda na mão do comerciante.

As duas moedas de ouro foram uma grande tentação para Baba Mustafá. Ele ficou algum tempo as olhando na mão sem dizer uma única palavra, consultando a própria consciência para saber o que deveria fazer. Por fim, tirou a bolsa que trazia ao peito e, guardando as moedas, disse ao ladrão: — Não posso garantir que eu vá me lembrar exatamente do caminho por onde me levaram. Mas, já que você quer, vamos lá, vou fazer o possível para me recordar.

ALI BABÁ
e os Quarenta Ladrões

Baba Mustafá se levantou, para grande satisfação do ladrão e, sem fechar a loja — em que não havia nada de muito importante a perder — levou o ladrão consigo ao local onde Morgiane o havia vendado. Quando lá chegaram, disse: — É aqui que me vendaram, e eu estava virado da maneira como você está me vendo. — O ladrão, que já estava com o lenço pronto, vendou o velho e se pôs a caminhar ao lado dele, ora o conduzindo, ora se deixando conduzir, até o lugar onde o outro finalmente parou.

Então, Baba Mustafá disse: — Parece-me que não fui mais longe. — E, realmente, ele se encontrava diante da casa de Cassim, onde Ali Babá estava morando. Antes de tirar o lenço dos olhos, o ladrão prontamente fez uma marca na porta com um giz que trazia consigo; ao retirar a venda, perguntou ao velho se ele sabia quem era o dono da casa. Baba Mustafá respondeu que não morava naquela vizinhança, portanto não poderia afirmar nada.

Como o ladrão viu que não havia mais nada a saber de Baba Mustafá, agradeceu-lhe pelos transtornos que causara e, depois de deixá-lo retornar à loja, pegou o caminho de volta para a floresta, convencido de que seria bem recebido.

Pouco depois que o ladrão e Baba Mustafá se separaram, Morgiane saiu da casa de Ali Babá para tratar de alguns afazeres e, ao retornar, notou a marca que o ladrão fizera na porta. Ela parou por um instante para prestar mais atenção a ela: — O que será que significa esta marca? — disse para si mesma. — Será que alguém está desejando prejudicar meu senhor? Ou a fizeram por pura diversão? Qualquer que seja a intenção que tal pessoa tenha tido — acrescentou — é melhor se precaver contra qualquer circunstância. — Ela tomou também um pedaço de giz e, visto que as duas ou três portas acima e abaixo da casa de seu senhor eram semelhantes, marcou-as no mesmo lugar, voltando para casa sem falar do que acabara de fazer, nem a seu senhor, nem a sua senhora.

Enquanto isso, o ladrão, continuando em seu caminho, chegou à floresta e reencontrou sua tropa no momento oportuno. Ao chegar, relatou o sucesso de sua jornada, exagerando a felicidade que sentira ao ter encontrado logo de início um homem que lhe contara justamente o que tinha ido investigar, algo de que ninguém mais sabia e que, por isso, ninguém mais poderia lhe ter informado. Ouviram-no com grande satisfação, e o capitão, tomando a palavra depois de elogiá-lo por sua dedicação, disse, dirigindo-se a todos: — Camaradas, não temos tempo a perder. Partamos bem armados — porém sem mostrar a ninguém que assim estamos — e, depois de entrar na cidade — separadamente, cada um por sua vez, para não levantar suspeitas — encontremo-nos na praça principal, metade da tropa de um lado, metade do outro. Enquanto isso, farei o reconhecimento da tal casa com nosso colega que acaba de nos trazer tão boas notícias, para que eu possa decidir qual a ação que melhor nos convém tomar.

A fala do capitão dos assaltantes foi aplaudida, e logo estavam todos prontos para partir. Eles saíam dois a dois, três a três e, andando a uma distância razoável uns dos outros, entraram na cidade sem despertar quaisquer suspeitas. O capitão e o ladrão que viera de manhã entraram por último. Este conduziu o capitão à rua onde havia marcado a casa de Ali Babá e, ao se postar diante de uma das portas marcadas por Morgiane, indicou-a com o dedo, dizendo ao capitão que era ali a residência. Entretanto, como não pararam de caminhar para não levantar suspeitas, logo o capitão notou que a porta ao lado também estava assinalada com a mesma marca, no mesmo lugar, e a indicou ao seu guia, perguntando-lhe se era a primeira porta ou aquela. O ladrão que o conduzia ficou confuso, sem saber o que responder, ainda mais quando notou com o capitão que as quatro ou cinco portas que seguintes também tinham a mesma marca. Jurou então ao líder que havia assinalado apenas uma delas. — Não sei — acrescentou — quem poderia ter marcado as outras portas com tamanha semelhança, mas, diante dessa confusão, confesso que não consigo distinguir qual é exatamente a porta que tinha assinalado.

O capitão, vendo seu plano frustrado, dirigiu-se à praça principal, onde avisou seus homens, assim que os encontrou, que tinham se esforçado à toa e feito uma viagem inútil, sem outro rumo a tomar, além do caminho do esconderijo. Deu então o exemplo, e todos o seguiram, assim como haviam entrado na cidade.

Quando a tropa se reuniu na floresta, o capitão explicou o motivo de a ter mandado voltar. Imediatamente, o ladrão responsável pelo embuste foi declarado digno de morte a uma só voz, inclusive a própria, pois reconheceu que deveria ter sido mais precavido; apresentou então, com firme convicção, o pescoço para ser cortado por aquele que se voluntariara para ser seu algoz.

Como era necessário à preservação do bando não deixar impune o mal que lhe haviam feito, outro ladrão — prometendo ser mais afortunado do que aquele que acabava de ser punido — apresenta-se e pede a honra de ser escolhido. Ouvem-no, ele caminha até a cidade e suborna Baba Mustafá — como o primeiro ladrão havia feito — que o leva à casa de Ali Babá, com os olhos vendados. Ele então faz uma marca vermelha na porta, em um lugar menos aparente, contando ser um modo seguro de distingui-la das que haviam sido registradas com tinta branca.

Contudo, pouco tempo depois, Morgiane sai da casa — como na véspera — e, ao voltar, a marca vermelha não escapa de seus olhos perspicazes. Raciocina então como havia feito anteriormente, e não deixa de assinalar a mesma marca com um lápis vermelho nas portas vizinhas, exatamente no mesmo local.

O ladrão, ao voltar para seu bando na floresta, trata de apontar o cuidado que tomara, afirmando ser um truque infalível, capaz de distinguir a casa de Ali Babá das demais. O capitão e sua gente acreditam que, com ele, tudo há de dar certo. Então, vão para a cidade, seguindo a mesma ordem e tomando o mesmo cuidado de antes, armados igualmente, prontos a dar o golpe que acalentavam. E o capitão e o ladrão, ao chegar, dirigem-se à rua de Ali Babá, mas acabam encontrando as mesmas dificuldades da primeira vez. O capitão fica indignado, e o ladrão, tão confuso quanto o colega que o havia precedido na mesma missão.

Assim, o capitão se viu obrigado a, mais uma vez, bater em retirada com o bando, tão insatisfeito como no dia anterior. E o ladrão autor do erro sofre, igualmente, a punição a que se submetera voluntariamente.

O capitão, que viu sua tropa subtraída de dois bravos sujeitos, temeu testemunhá-la diminuir ainda mais se continuasse a contar com outros homens para lhe informar da real localização da casa de Ali Babá. O exemplo deles lhe mostrou que todos estavam dispostos a ajudar, mas que, de maneira nenhuma, estavam aptos a agir de forma inteligente quando a ocasião pedia. Ele mesmo, então, encarrega-se de tudo: dirige-se à cidade e, com a ajuda de Baba Mustafá, que lhe presta o mesmo serviço que dispensara aos dois representantes de sua tropa, não perde tempo fazendo qualquer marca na casa de Ali Babá, preferindo examiná-la de tal modo — prestando atenção a seus detalhes e passando diversas vezes diante dela — que se torna impossível para ele confundi-la com qualquer outra.

O capitão dos ladrões, satisfeito com sua jornada, e informado do que desejava, voltou para a floresta e, ao chegar à caverna, encontra toda a tropa o esperando: — Por fim, camaradas, nada poderá nos impedir de nos vingar completamente dos prejuízos que nos causaram. Conheço com toda a convicção a casa do culpado sobre quem nossa vingança há de recair e, no caminho de volta até aqui, pensei em como fazer nossa retaliação sem que ninguém seja capaz de saber nem o lugar de nosso esconderijo, tampouco de nosso tesouro, já que esse é o objetivo que devemos ter em nossa empreitada. Caso contrário, em vez de nossa vingança nos ser útil, será nossa ruína.

— Para atingir esse objetivo — continuou o capitão — eis o que imaginei. Quando eu tiver explicado tudo, se acaso alguém souber de um expediente melhor, sinta-se livre para comunicá-lo. — Explicou-lhes então como pretendia agir e, visto que todos lhe deram aprovação, incumbiu-os de — espalhando-se pela cidade, pelas aldeias e pelos vilarejos da vizinhança — comprar dezenove mulas e trinta e oito grandes vasos de couro para transportar azeite — um cheio e os outros, vazios.

Em dois ou três dias, os ladrões haviam realizado seu intento. Como os vasos vazios tinham a boca estreita demais para a execução do projeto, o capitão as alargou ligeiramente; depois de ter mandado seus homens entrarem em cada um dos vasos com as armas que julgou necessárias, deixando aberto o que ele mesmo descosturara para que pudessem respirar, fechou os jarros para que parecessem cheios; para melhor disfarçá-los, esfregou azeite por fora de cada um deles, tirando-o do vaso que viera cheio.

Com tudo assim arranjado, as mulas foram carregadas com trinta e sete ladrões — cada um escondido em um dos vasos, sem incluir o capitão — e com o vaso cheio de azeite. Então, seu líder, conduzindo o carregamento, tomou o caminho para a cidade no horário que havia fixado, lá chegando ao entardecer, cerca de uma hora depois do pôr do sol, como era seu intento. Adentrou a cidade e foi direto para a casa de Ali Babá, com a intenção de bater à sua porta e pedir para ali passar a noite com as mulas, sob os favores de seu anfitrião. Nem sequer teve o trabalho de bater: encontrou Ali Babá à porta, tomando um pouco de ar fresco depois do jantar. Fez as mulas pararem e, dirigindo-se a Ali Babá:

— Meu senhor — disse — estou trazendo de muito longe todo esse azeite que está vendo, a fim de vendê-lo amanhã no mercado, e não sei onde me hospedar. Se não for inconveniente, e se puder me fazer o favor de me receber em sua casa para passar a noite, ficarei muito grato.

Embora Ali Babá tivesse visto na floresta aquele que agora falava com ele, e até mesmo ouvido sua voz, como ele poderia tê-lo reconhecido como o capitão dos quarenta ladrões, disfarçado de comerciante de azeite?

— Seja bem-vindo à minha casa — falou então — entre. — E, dizendo essas palavras, abriu espaço para deixá-lo entrar com as mulas, o que ele prontamente fez.

Ao mesmo tempo, Ali Babá chamou um dos escravos e ordenou que, assim que as mulas fossem descarregadas, fossem não somente colocadas sob o abrigo do estábulo, como também alimentadas com feno e cevada.

Também se deu ao trabalho de entrar na cozinha e ordenar a Morgiane que preparasse sem tardar um jantar para o hóspede recém-chegado, arranjando-lhe também uma cama em um dos quartos.

Ali Babá ainda fez mais: para acolher o hóspede da melhor maneira possível, ao ver que o capitão dos ladrões havia descarregado as mulas, que elas haviam sido conduzidas ao estábulo como ele ordenara e que ele estava procurando um lugar para passar a noite ao relento, foi buscá-lo para conduzi-lo até os aposentos em que recebia as visitas, dizendo-lhe que não o deixaria dormir no pátio. O capitão dos assaltantes se desculpou com firmeza, sob o pretexto de não querer ser inconveniente, mas, na verdade, queria ficar em um lugar mais apropriado para executar o que planejara, e só cedeu à gentileza de Ali Babá depois de muita insistência.

Ali Babá, não contente em fazer companhia a quem queria acabar com sua vida até que Morgiane lhe servisse o jantar, continuou a conversar com ele sobre vários assuntos que acreditava ser de seu agrado, e não o deixou mais sozinho até que ele terminasse de se banquetear com a refeição que lhe fora ofertada. — Vou deixá-lo, meu senhor — disse ele — mas basta pedir tudo de que precisar, em minha casa não há nada que não esteja ao seu dispor.

O capitão dos ladrões se levantou ao mesmo tempo que Ali Babá e o acompanhou até a porta e, enquanto seu anfitrião foi até a cozinha para falar com Morgiane, dirigiu-se ao pátio sob o pretexto de ir ao estábulo para ver se não faltava nada às as mulas.

Ali Babá, depois de ter recomendado uma vez mais a Morgiane que cuidasse muito bem do hóspede, não lhe deixando faltar nada, acrescentou: — Morgiane, vim também avisar que irei aos banhos amanhã. Deixe minha roupa de banho pronta, e a entregue a Abdalla (era esse o nome de seu escravo). Faça-me também um bom caldo, para que eu possa tomá-lo quando estiver de volta. — Depois de lhe dar essas ordens, retirou-se para a cama.

Entrementes, o capitão dos assaltantes, ao sair do estábulo, foi dar instruções ao seu bando quanto ao que devia fazer. Começando do primeiro vaso ao último, disse a cada um de seus homens: — Assim que eu arremessar pedrinhas lá do quarto onde estou alojado, tratem de rasgar uma fenda de alto a baixo nos vasos em que estão com a faca que têm consigo e saiam imediatamente. Tão logo o façam, estarei com vocês. — A faca que ele mencionara era pontiaguda e afiada, própria ao fim que lhe dera.

Feito isso, ele voltou para dentro da casa e, ao se apresentar à porta da cozinha, Morgiane tomou o lampião e o conduziu ao quarto que lhe havia preparado, onde o deixou depois de perguntar se precisava de algo mais. Para evitar suspeitas, o capitão apagou a luz logo em seguida e foi para a cama vestido, pronto para levantar assim que tirasse uma breve soneca.

Morgiane não havia esquecido das ordens de Ali Babá. Prepara então a toalha de banho de seu senhor e a entrega a Abdalla, que ainda não tinha ido para a cama. Põe em seguida a panela no fogo para o caldo e, enquanto mistura os ingredientes na panela, o lampião se apaga. Não há mais óleo na casa, tampouco velas. O que fazer? Ela precisa de claridade para misturar o caldo, e chora suas mágoas para Abdalla. — Vê-se que você está muito sobrecarregada — diz Abdalla — vá pegar um pouco de azeite em um dos vasos no pátio.

Morgiane agradece Abdalla pelo conselho e, enquanto ele vai se deitar ao lado do quarto de Ali Babá para acompanhá-lo até os banhos, ela pega a jarra de óleo e se dirige até o pátio. Ao se aproximar do primeiro vaso que encontrou, o ladrão que se escondia lá dentro pergunta em voz baixa: — Já está na hora?

Embora o ladrão tivesse falado baixo, Morgiane foi capaz de ouvir sua voz, ainda mais porque o capitão dos ladrões, assim que descarregara as mulas, abrira não apenas aquele vaso, como também todos os outros, para que eles pudessem respirar melhor, já que estavam muito mal acomodados, mesmo que ainda não lhes tivesse faltado ar.

Qualquer outra escrava, à exceção de Morgiane — tão surpresa quanto ela por encontrar um homem em um vaso em vez do azeite que procurava — teria feito um escândalo capaz de causar desgraças. Mas Morgiane não era como as colegas. Ela compreendeu em um instante a importância de manter segredo, o perigo iminente no local onde ela, Ali Babá e toda a sua família estavam e a necessidade de encontrar sem demora uma solução, sem causar rebuliço; e, dada a sua habilidade, ela buscou antes de tudo os meios para encontrá-la. Concentrou-se então e, sem demonstrar nenhuma emoção e assumindo o lugar do capitão dos ladrões, respondeu a pergunta, dizendo: — Ainda não, mas em breve. — Aproximou-se do vaso seguinte, e lhe fizeram a mesma pergunta, e assim por diante até chegar ao último dos vasos, que estava cheio de azeite — a cada pergunta, ela dava a mesma resposta.

Morgiane soube assim que seu senhor, Ali Babá, que acreditava estar hospedando um simples comerciante de azeite, havia permitido a entrada em casa a trinta e oito ladrões, incluindo o falso comerciante, seu capitão. Ela encheu diligentemente seu jarro com o azeite, que tirara do último vaso, e voltou para a cozinha, onde, depois de colocar azeite no lampião e acendê-lo, pegou um grande caldeirão e voltou para o pátio, onde o encheu com mais azeite do vaso. Traz então o azeite de volta e o põe no fogo, com bastante lenha embaixo, porque quanto mais cedo o azeite ferver, mais cedo ela terá executado o que há de contribuir para a salvação da casa, algo que deve ser feito sem demora. O azeite finalmente ferve; ela pega o caldeirão e despeja óleo fervente suficiente em cada um dos vasos, do primeiro ao último, a fim de sufocar os ladrões e lhes tirar a vida.

Tomada essa ação, digna da coragem de Morgiane, e realizada sem ruído — como ela planejara — ela volta para a cozinha com o caldeirão vazio e fecha a porta. Ela apaga o grande fogaréu que havia acendido, deixando apenas o necessário para terminar de cozinhar o caldo de Ali Babá. Em seguida, apaga o lampião e fica em silêncio, decidida a não se deitar antes de ter observado o que estava para acontecer por uma janela da cozinha que dá para o pátio, tanto quanto a escuridão da noite lhe permitisse.

    Morgiane nem sequer havia esperado um quarto de hora quando o capitão dos ladrões acordou. Ele se levanta, abre a janela e olha através dela; como não vê nenhuma luz e sente uma grande paz e um silêncio profundo reinando na casa, dá o sinal combinado, atirando as pedrinhas, não lhe restando dúvidas de que caem sobre os vasos, pelo som que lhe chega aos ouvidos. Apura os ouvidos e não ouve nem vê nada que lhe permita saber que seu bando se pôs em movimento. Fica preocupado e joga pedrinhas novamente, e ainda uma terceira vez. Elas caem sobre os vasos, no entanto, nenhum dos ladrões dá o menor sinal de vida, e ele não consegue entender o motivo. Desce então ao pátio bastante alarmado, fazendo o mínimo de barulho possível; aproxima-se sorrateiramente do primeiro vaso e, quando está para perguntar ao ladrão — que acredita estar vivo — se ainda dorme, sente um cheiro de óleo fervente e de queimado exalando do vaso, tomando consciência de que sua empreitada contra Ali Babá — tirar-lhe a vida, pilhar sua casa e recuperar, se possível, o ouro que ele subtraíra de seu bando — falhara. Ele vai até o vaso seguinte e os demais, um após o outro, e descobre que toda a sua gente pereceu do mesmo modo. E, dada a diminuição do azeite no vaso que ele trouxera cheio, fica sabendo como fizeram para privá-lo da ajuda com que contava. Desesperado por ter falhado em seu plano, ele atravessa o portão do jardim de Ali Babá, que dava para o pátio e, de jardim em jardim, passando por cima dos muros, foge.

Quando Morgiane não ouviu mais nenhum barulho nem viu voltar o capitão dos ladrões depois de ter esperado algum tempo, teve certeza do caminho que fizera, em vez de tentar escapar pela porta principal da casa, que estava trancada. Satisfeita e com grande alegria por ter conseguido proteger tão bem toda a casa, ela finalmente foi para a cama e adormeceu.

Ali Babá, por sua vez, saiu antes do amanhecer e foi para os banhos, seguido por seu escravo, sem saber absolutamente nada do evento espantoso que acontecera enquanto ele dormia, pois Morgiane julgou não ser necessário acordá-lo para lhe contar o ocorrido — e, com razão, já que ela não tinha tempo a perder na hora do perigo iminente e, passado o risco, seria inútil perturbar o descanso de seu senhor.

Ao chegar em casa de volta dos banhos, com o sol já despontando, Ali Babá ficou tão surpreso ao ver os vasos de azeite no mesmo lugar e saber que o comerciante não fora ao mercado com suas mulas, que perguntou o motivo a Morgiane, já que ela veio lhe abrir a porta e havia deixado tudo como estava, para poder lhe mostrar e explicar com mais propriedade o que fizera para salvá-lo.

— Meu bom senhor — disse Morgiane, em resposta a Ali Babá — que Deus o proteja, e também a toda a sua família! Você compreenderá melhor o que deseja saber quando tiver visto o que tenho para lhe mostrar. Faça o favor de vir comigo.

Ali Babá seguiu Morgiane. Depois de ter fechado a porta, conduziu-o até o primeiro vaso. — Olhe dentro do vaso — disse-lhe ela — e veja se há qualquer azeite.

Ali Babá olhou e, vendo um homem no interior do vaso, recuou assustado, gritando alto. — Não tenha medo — Morgiane disse — o homem que está vendo não vai machucá-lo. Já fez mal a muita gente, mas não tem mais condições de fazê-lo, nem ao senhor nem a ninguém mais, já que não está mais vivo.

— Morgiane — exclamou Ali Babá — o que significa isso que acabou de me mostrar? Explique-me.

— Vou lhe explicar — disse Morgiane — mas modere seu espanto, e não desperte a curiosidade dos vizinhos, pois é muito importante que o que estou para contar fique em segredo. Antes de eu relatar qualquer coisa, dê uma olhada nos outros vasos.

Ali Babá olhou nos outros vasos, um após o outro, do primeiro ao último — em que efetivamente havia azeite, mas, como ele mesmo percebeu, muito menos do que deveria ter havido antes; feita a inspeção, permaneceu imóvel, ora olhando para os vasos, ora olhando para Morgiane, sem dizer nenhuma palavra, tamanha era a surpresa em que se encontrava. No fim, como se a fala lhe tivesse voltado, perguntou: — E o mercador, o que aconteceu com ele?

— O tal mercador — respondeu Morgiane — é tão comerciante quanto eu. Também vou dizer de quem se trata, e o que foi feito dele. Porém é mais conveniente que o senhor ouça toda a história em seu quarto, já que — tendo voltado dos banhos, pelo bem de sua saúde — é hora de tomar seu caldo.

Enquanto Ali Babá ia para o quarto, Morgiane foi à cozinha buscar o caldo e o trouxe para seu senhor. Antes de tomá-lo, Ali Babá lhe disse: — Trate logo de satisfazer minha impaciência, e conte todos os detalhes dessa história tão estranha.

Obedecendo Ali Babá, Morgiane lhe disse: — Meu senhor, ontem à noite, depois que se retirou para a cama, preparei suas roupas de banho, como havia acabado de me ordenar, e as entreguei a Abdalla. Então, coloquei a panela no fogo para o caldo e,

enquanto mexia os ingredientes, o lampião —
por falta de óleo — apagou-se subitamente,
sem que restasse nem uma gota mais de azeite
no jarro. Também procurei alguma vela e nada
encontrei. Abdalla, vendo-me incomodada,
lembrou dos vasos cheios de azeite que havia
no quintal, pois nem ele, nem eu, tampouco o
senhor, duvidávamos de seu conteúdo. Peguei
o jarro e corri para o vaso mais próximo. Mas,
ao me aproximar, de seu interior saiu uma voz,
perguntando-me: "Está na hora?". Não tive
medo, contudo, percebendo imediatamente a
armação do falso comerciante, respondi sem
hesitar: "Ainda não, mas em breve". Passei para
o vaso seguinte, e outra voz fez exatamente
a mesma pergunta, e eu respondi da mesma
maneira. Dirigi-me a todos os outros vasos,
um após o outro: à mesma pergunta a mesma
resposta. Fui encontrar azeite apenas no
último vaso, com o qual enchi minha jarra.

— Ao considerar que havia trinta e sete
ladrões no meio de seu pátio, simplesmente
esperando um sinal ou uma ordem de
seu líder — a quem o senhor tomara por
um comerciante, e a quem ofereceu sua

hospitalidade — para botar fogo na casa toda, não perdi tempo. Trouxe o jarro, acendi o lampião e, depois de pegar o maior caldeirão da cozinha, fui enchê-lo de azeite. Levei-o ao fogo e, quando o óleo estava fervendo plenamente, derramei o suficiente em cada vaso contendo os ladrões, o quanto fosse necessário para impedir que executassem o maldoso plano que os havia trazido até esta casa.

— Acabando tudo exatamente como que eu havia imaginado, voltei para a cozinha, apaguei o lampião e, antes de ir para a cama, passei a examinar calmamente pela janela que curso tomaria o falso comerciante de óleo.

— Depois de certo tempo, ouvi-o jogando, de sua janela, pedrinhas nos vasos. Jogou-as uma segunda e uma terceira vez e, como não viu ou ouviu nenhum movimento, desceu até o pátio, onde pude observá-lo indo de vaso em vaso, até o último; depois disso, a escuridão da noite me fez perdê-lo de vista. Observei por mais algum tempo e, ao ver que ele não voltava, não tive dúvidas de que fugira pelo jardim, desesperado por ter falhado em seu intento. Então, convencida de que a casa estava segura, fui para a cama.

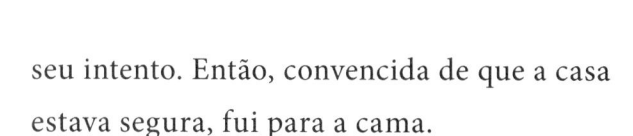

Para encerrar seu relato, Morgiane acrescentou: — Eis a história que me pediu, e estou convencida de que se trata da continuação de uma observação que fiz há dois ou três dias — algo que não havia achado por bem comentar com o senhor. Nessa ocasião, voltando da cidade cedo pela manhã, notei que a porta da rua estava marcada com giz branco e, no dia seguinte, com tinta vermelha. Em ambas as vezes, sem saber o porquê daqueles sinais, marquei da mesma maneira e no mesmo lugar duas ou três portas de nossos vizinhos, mais acima e mais abaixo na rua. Se o senhor juntar tudo isso com o que acabou de acontecer, há de descobrir que tudo foi planejado pelos ladrões da floresta, cujo bando — não sei por quê — estava com dois integrantes a menos. De qualquer modo, agora só deve ter três ladrões, no máximo. Isso mostra que eles juraram sua destruição, e que é bom que o senhor esteja atento enquanto soubermos que há ao menos um deles no mundo. Quanto a mim, não hesitarei em zelar por sua proteção, como é minha obrigação.

Quando Morgiane terminou, Ali Babá, impressionado com a grande dívida que tinha para com ela, disse-lhe: — Não morrerei até a ter recompensado como bem merece. Devo-lhe a minha vida e, para começar a lhe mostrar sinais de meu reconhecimento por ela, ofereço-lhe agora mesmo sua liberdade, enquanto espera que eu possa lhe conceder a maior das recompensas que me vier à mente. Tanto quanto você, estou convencido de que os quarenta ladrões armaram essas armadilhas para mim. Deus me livrou delas por seu intermédio; espero que Ele continue a me livrar de sua maldade e que, assim que ela não mais pairar sobre minha cabeça, também liberte o mundo de sua perseguição e de sua prole amaldiçoada. O que temos a fazer é enterrar os corpos dessa praga da humanidade sem demora, com sigilo absoluto, a fim de que ninguém seja capaz de suspeitar do destino deles. É nisso, então, que vou trabalhar com Abdalla.

O jardim de Ali Babá era bastante extenso, e rodeado de árvores altas. Sem demora, ele se meteu debaixo dessas árvores com o escravo para cavar uma longa e larga cova, proporcional aos corpos que deveriam enterrar ali. O terreno era fácil de manejar, e não demorou muito para que terminassem. Tiraram os corpos dos vasos e deixaram de lado as armas que os ladrões portavam. Carregaram o corpo deles um a um até o limite do jardim, colocaram-no na cova e, depois de cobri-lo com a terra que haviam removido, espalharam o restante por todo o redor, para que o solo parecesse tão plano quanto antes. Ali Babá escondeu os vasos de azeite e as armas com muito cuidado e, como não precisava das mulas naquele momento, enviou-as ao mercado em diferentes horários, fazendo com que seu escravo as vendesse, uma a uma.

Enquanto Ali Babá tomava essas medidas para ocultar do conhecimento de todos como ficara tão rico em tão pouco tempo, o capitão dos quarenta ladrões voltara para a floresta extremamente atormentado; e, em consequência de sua agitação — ou melhor, de sua confusão, dado o fracasso completo de sua empreitada, absolutamente contrário ao que ele planejara — ele adentrou a caverna sem ter conseguido chegar a nenhuma decisão quanto ao caminho que deveria ou não tomar para se vingar de Ali Babá.

A solidão em que se encontrava naquela sombria morada lhe parecia amedrontadora. — Bravos homens — gritou ele — companheiros de minhas vigílias, minhas missões, meus trabalhos, onde estão vocês? O que posso fazer sem vocês? Reuni e escolhi todos vocês para, por fim, vê-los perecer de uma só vez, em um destino tão fatal e tão indigno de sua coragem! Meu remorso seria menor se vocês tivessem morrido com a espada na mão, como homens valentes. Quando serei capaz de reunir outro bando de cúmplices como vocês? E se quisesse fazê-lo, quando é que poderia empreender essa missão, sem expor todo o ouro, toda a prata, todas as riquezas àquele que já enriqueceu com uma parte do que era nosso? Não posso e não devo pensar nisso antes de lhe ter tirado a vida. O que não pude fazer com ajuda tão poderosa, eu mesmo farei e, quando tiver providenciado para que esse tesouro não esteja mais exposto à pilhagem, trabalharei para garantir que ele não fique sem sucessores, tampouco sem capitães depois de mim. Que seja preservado e aumentado, por toda a posteridade. — Tomada tal resolução, ele não demorou a procurar os meios de realizá-la e então, cheio de esperança e com a mente tranquila, adormeceu e passou uma noite bastante calma.

No dia seguinte, o capitão dos ladrões, acordando muito cedo, como era seu intento, vestiu roupas muito limpas, conforme o plano que havia imaginado, e foi para a cidade, onde se hospedou em um cã[2]; e, como esperava que o ocorrido na casa de Ali Babá pudesse causar certo alvoroço, perguntou ao zelador, jogando conversa fora, se havia alguma novidade na cidade — a resposta que recebeu foi muito diferente daquilo que queria saber. Por isso,

---

[2] Comandante ou governador oficial de algumas províncias da Ásia Central. No texto, por extensão, o local onde reside o cã, alojamento oficial dos viajantes com negócios na região. (N. do T.)

acabou concluindo que a razão por que Ali Babá guardava segredo de forma tão ávida era por não querer que soubessem da caverna e de seu tesouro, tampouco da maneira de lá entrar — e que provavelmente ele não ignorava que era em razão desse mesmo assunto que haviam tentado contra sua vida. Essa conclusão o encorajou ainda mais a não se distrair por nada para se livrar dele, usando do mesmo artifício do segredo.

O capitão dos ladrões se muniu de um cavalo, para levar até seus aposentos várias espécies de ricos tecidos e fino linho, fazendo diversas viagens à floresta, tomando as devidas precauções para esconder o local para onde os levava. Para vender essas mercadorias — depois de ter acumulado tanto quanto achou conveniente — saiu à procura de uma loja e, ao encontrá-la, alugou-a, abasteceu-a com os tecidos acumulados e lá se estabeleceu. A loja em frente à dele era justamente a mesma que pertencera a Cassim não muito tempo atrás e que, agora, era ocupada pelo filho de Ali Babá.

O capitão dos assaltantes — que adotara o nome de Cogia Houssain — como recém-chegado, mostrou-se cortês aos comerciantes vizinhos, conforme o costume. Mas, como o filho de Ali Babá era jovem, esbelto, dotado de inteligência e tinha a oportunidade de falar e conversar com ele com mais frequência do que os outros, logo nasceu uma amizade entre os dois. E o capitão começou a se esforçar para cultivar esse sentimento com mais afinco e assiduidade quando, três ou quatro dias depois de ter aberto a loja, reconheceu Ali Babá — que viera ver o filho e conversar com ele, como costumava fazer de tempos em tempos — e soube pelo jovem — depois que Ali Babá havia saído — que ele era seu pai. Aumentou então suas atenções para com ele, mostrando-se afetuoso, oferecendo-lhe pequenos presentes, e chegando até mesmo a servi-lo e lhe dar de comer várias vezes.

O filho de Ali Babá não queria receber tantos favores de Cogia Houssain sem poder lhe recompensar, mas as despesas de sua loja eram contadas, e ele não tinha tanta facilidade em presenteá-lo como desejava. Falou de suas intenções ao pai, Ali Babá, indicando-lhe que não seria adequado continuar a não reconhecer as benfeitorias de Cogia Houssain.

    Ali Babá tomou para si a obrigação de presenteá-lo com prazer. — Meu filho — disse ele — amanhã é sexta-feira. Como é um dia em que grandes comerciantes, como Cogia Houssain e você, fecham as lojas, leve-o para um passeio à tarde e, ao voltar, certifique-se de passar por minha casa, fazendo-o entrar. Será melhor se fizermos tudo de acordo com o costume. Vou mandar Morgiane preparar o jantar e deixar tudo pronto.

    Na sexta-feira, conforme o combinado, Cogia Houssain e o filho de Ali Babá se encontraram à tarde e fizeram um passeio. No caminho de volta, o filho de Ali Babá insistiu em fazer Cogia Houssain passar pela rua em que o pai morava e, ao se ver diante da casa dele, acabou batendo à porta e dizendo a Cogia Houssain: — Eis a casa de meu pai, que, pela amizade que você me tem, encarregou-me de lhe dar a honra de conhecê-lo. Peço que adicione esse favor a todos os outros que já me prestou.

Embora Cogia Houssain tivesse alcançado o objetivo a que se propusera — entrar na casa de Ali Babá e tirar sua vida sem arriscar a própria e sem fazer alarde — não deixou de inventar desculpas e fingiu querer se despedir do filho. Mas, como o escravo de Ali Babá acabara de abrir a porta, o filho o pegou gentilmente pela mão e, entrando primeiro, puxou-o, forçando-o de determinada maneira a entrar, como se ele o fizesse a contragosto.

Ali Babá recebeu Cogia Houssain de braços abertos, justamente a recepção calorosa que ele desejava. Agradeceu-lhe as gentilezas que tinha para com o filho. — A dívida que ele lhe tem é a mesma que tenho eu para com o senhor — acrescentou — dívida ainda maior por ele ser um jovem que ainda não conhece a malícia do mundo, e pelo senhor não evitar de contribuir à sua formação.

Cogia Houssain retribuía elogio após elogio de Ali Babá, assegurando-lhe que, se seu filho ainda não havia adquirido o traquejo de certos velhos, tinha um bom senso que substituía a experiência de uma infinidade de outros.

Depois de uma curta conversa sobre outros assuntos indiferentes, Cogia Houssain quis se despedir. Ali Babá o deteve. — Meu senhor — disse-lhe — para onde pretende ir? Por favor, dê-me a honra de jantar comigo. A refeição que quero lhe oferecer está muito abaixo do que merece, mas, mesmo assim, espero que a aceite com o mesmo entusiasmo com que pretendo ofertá-la.

— Caro senhor Ali Babá — retrucou Cogia Houssain — estou convencido de seu bom coração, e se eu lhe peço o favor de não achar errado que eu me retire sem aceitar essa oferta tão complacente que me faz, imploro que acredite que não o faço nem por desrespeito nem por incivilidade, e sim por uma razão que, tenho certeza, o senhor aplaudiria se a conhecesse.

— E qual razão seria essa, meu senhor? — respondeu Ali Babá. — Podemos lhe perguntar qual é? — Posso lhe dizer — respondeu Cogia Houssain — que não como carne nem ensopado temperado com sal. Julgue por si mesmo o semblante que eu faria à sua mesa. — Se é somente esse o motivo —

insistiu Ali Babá — não deve me privar do prazer de tê-lo à ceia comigo, a menos que queira o contrário. Para começar, não há sal no pão que se come em minha casa e, quanto à carne e aos temperos dos ensopados, prometo-lhe que não os colocaremos ao que lhe for servido. Vou ordenar agora mesmo que não o façam. Assim, faça-me o favor de ficar, voltarei em um instante.

Ali Babá foi até a cozinha e ordenou a Morgiane que não colocasse sal na carne que havia de servir e que preparasse rapidamente dois ou três ensopados, dentre aqueles que lhe pedira para fazer, sem adição de tempero.

Morgiane, que estava com tudo pronto para servir, não conseguiu evitar de mostrar sua insatisfação com aquela nova ordem, e se explicou para Ali Babá. — Quem é esse homem tão difícil que não come sal? — disse ela. — Sua ceia não ficará tão apetitosa se eu for servi-la mais tarde. — Não se irrite, Morgiane — retrucou Ali Babá — é um homem honesto. Faça o que estou dizendo.

Morgiane obedeceu, mesmo com relutância, e ficou curiosa para conhecer o tal homem que não comia sal. Quando terminou de cozinhar e Abdalla começou a preparar a mesa, ela o ajudou a carregar os pratos. Olhou para Cogia Houssain e o reconheceu imediatamente como o capitão dos ladrões — apesar de seu disfarce — e, ao examiná-lo com mais cuidado, percebeu que ocultava uma adaga sob o casaco. — Não me surpreende — disse para si mesma — que o vilão não queira comer sal com meu senhor. Trata-se de seu maior inimigo, e quer assassiná-lo. Mas vou impedi-lo.

Assim que Morgiane acabou de servir os pratos — ou melhor, de ajudar Abdalla a servi-los — esperou o momento certo enquanto jantavam. Fez todos os preparativos necessários à execução de um golpe mais ousado e já tinha tudo pronto quando Abdalla veio avisá-la de que era hora de servir as frutas. Ela foi pegá-las e, assim que Abdalla tirou a mesa, serviu-as. Em seguida, colocou perto de Ali Babá uma mesinha, na qual depositou uma garrafa de vinho e três taças;

ao sair, Abdalla a acompanhou, como se — de acordo com o costume — tivessem ido jantar juntos, proporcionando a Ali Babá a liberdade de conversar e se divertir com seu convidado, dando-lhe de beber.

Então o falso Cogia Houssain, ou melhor, o capitão dos quarenta ladrões, acreditou que havia chegado a hora certa para tirar a vida de Ali Babá. — Vou — disse ele para si mesmo — embriagar pai e filho, e o filho — cuja vida estou disposto a poupar — não me impedirá de enfiar a adaga no coração do pai; fugirei então pelo jardim, como já fiz anteriormente, enquanto a cozinheira e o escravo ainda estiverem jantando, ou mesmo cochilando, na cozinha.

Em vez de ir jantar, Morgiane, que adivinhara as intenções do falso Cogia Houssain, decidiu não lhe dar tempo nenhum de executar sua crueldade. Vestiu então um traje de dançarina muito apropriado, arrumou os cabelos a caráter e colocou um cinturão de prata e ouro — ao qual prendeu uma adaga com bainha e empunhadura dos mesmos metais — e uma máscara muito bonita sobre o rosto. Ao terminar de se arrumar, disse a Abdalla: — Pegue seu pandeiro e vamos entreter o convidado de nosso senhor e amigo de seu filho, divertindo-o como costumamos fazer com nossos senhores muitas noites.

Abdalla toma o pandeiro, começa a tocá-lo enquanto caminha diante de Morgiane e adentra a sala. Morgiane, entrando atrás dele, faz uma profunda reverência, com um ar calculado que chamava a atenção para si, como se estivesse pedindo licença para mostrar o que sabia fazer.

Quando Abdalla viu que Ali Babá queria falar, ele parou de tocar o pandeiro. — Entre, Morgiane, entre — disse Ali Babá. — Cogia Houssain verá como você é habilidosa, e nos dirá o que acha. Não vá pensar, meu senhor — virou-se então para Cogia Houssain — que estou gastando qualquer dinheiro para lhe oferecer tal diversão. Tenho essa distração comumente em casa, e há de perceber que minha escrava — que também é minha cozinheira e controla os gastos desta casa — oferece-me, ao mesmo tempo, ainda esse benefício. Espero que não ache desagradável o que lhe apresentará.

Cogia Houssain não esperava que Ali Babá adicionasse esse entretenimento ao jantar que lhe oferecera. Ficou com medo de não conseguir aproveitar a oportunidade que pensara ter encontrado. Caso isso realmente acontecesse, consolava-se com a esperança de poder reencontrá-lo, continuando a cultivar a amizade tanto do pai como do filho. Assim, embora preferisse que Ali Babá não lhe tivesse ofertado tudo aquilo, fingiu retribuir seus favores e consentiu que lhe fizessem aquele agrado, como se o que divertia o outro também houvesse de lhe proporcionar o mesmo prazer.

Quando Abdalla viu que Ali Babá e Cogia Houssain haviam parado de falar, voltou a tocar o pandeiro e, acompanhando-o com a voz, entoou uma melodia ritmada. Morgiane, que não devia nada a nenhum bailarino ou bailarina profissional, dançou de uma maneira que qualquer outra pessoa ficaria admirada com seu espetáculo — a não ser o falso Cogia Houssain, que pouco lhe deu atenção.

Depois de ter executado várias danças com a mesma graça e força, ela finalmente sacou a adaga e, segurando-a na mão, dançou de modo a se superar, em virtude das diferentes feições, dos movimentos leves, dos saltos surpreendentes e da maravilhosa energia que a acompanhava, ora apresentando a adaga diante de si, como pronta para atacar, ora fingindo atingir o próprio peito.

Então, finalmente sem fôlego, ela arrancou o pandeiro das mãos de Abdalla com a mão esquerda e, segurando a adaga na direita, apresentou o instrumento para Ali Babá, de ponta-cabeça, imitando os bailarinos e bailarinas profissionais, que o fazem para solicitar a generosidade dos espectadores.

Ali Babá lançou uma moeda de ouro no pandeiro de Morgiane. Ela, então, voltou-se para o filho de Ali Babá, que seguiu o exemplo do pai. Cogia Houssain, percebendo que ela também iria até ele, já tirara a bolsa do peito para lhe dar sua oferta, e acabara de abri-la no exato momento em que Morgiane — com uma coragem digna de sua firmeza e resolução — cravou a adaga no meio de seu coração, tão rapidamente que apenas a retirou depois de já ter tirado a vida dele.

Ali Babá e o filho, apavorados com essa atitude, soltaram um grito estrondoso. — Ah, sua infeliz — exclamou Ali Babá — o que você fez? Pretende que minha família e eu sejamos condenados?

— Não o fiz para arruiná-los — respondeu Morgiane — e sim para salvá-los. — Então, abrindo o manto de Cogia Houssain e mostrando a Ali Babá a adaga que ele portava, disse: — Dê uma bela olhada no inimigo declarado a quem oferecera abrigo, e note bem seu rosto: o senhor há de reconhecer o falso comerciante de azeite e o capitão dos quarenta ladrões. Não acha estranho que ele não quisesse comer nada com sal em sua companhia? Precisa de algo mais para se convencer de seus planos perniciosos? Antes mesmo de vê-lo, fiquei desconfiada quando o senhor me informou ter um convidado assim. Vim vê-lo, e pode notar que minhas suspeitas não eram infundadas.

Ali Babá, ciente da nova dívida que tinha para com Morgiane, por ter lhe salvado a vida pela segunda vez, beijou-a. — Morgiane — disse ele — dei-lhe sua liberdade, e prometi que minha gratidão não pararia por aí, adicionando muito em breve um toque final ao que já lhe havia oferecido. Chegou finalmente a hora, e você há de ser minha nora.

E, dirigindo-se ao filho, acrescentou: — Meu filho, acredito que é bom o suficiente para não estranhar que eu lhe ofereça Morgiane como esposa sem consultá-lo. Você tem tantas dívidas para com ela quanto eu. Há de perceber que Cogia Houssain só procurou sua amizade com o objetivo de conseguir me tirar a vida, traindo-o e, se acaso tivesse conseguido, não tenha dúvidas de que também o teria sacrificado em sua sede de vingança. Considere ainda que, ao se casar com Morgiane, você se casa com o apoio da minha família enquanto eu viver, e com o apoio da sua própria até o fim de seus dias.

O filho, longe de mostrar qualquer desagrado, indicou que consentia com aquele matrimônio, não só porque não queria desobedecer ao pai, como também porque era aquele seu próprio desejo.

Então a preocupação na casa de Ali Babá passou a ser enterrar o corpo do capitão com o dos quarenta ladrões, o que foi feito com tanto sigilo que só se soube do ocorrido depois de muitos anos, quando não restava mais ninguém interessado em publicar esta memorável história.

Poucos dias depois, Ali Babá celebrou as núpcias do filho e Morgiane com grande solenidade e uma festa suntuosa, acompanhada de danças, espetáculos e as diversões habituais; e teve a satisfação de ver que os amigos e vizinhos que convidara — desconhecendo os verdadeiros motivos do casamento e, ao mesmo tempo, cientes das belas e boas qualidades de Morgiane — elogiavam-no imensamente por sua generosidade e bom coração.

Depois do casamento, Ali Babá, que não voltara mais à caverna dos ladrões, pois dela havia tirado o corpo do irmão, Cassim, em um de seus três burros, assim como ouro com que ele os carregara, temendo lá encontrar os assaltantes ou ser surpreendido por eles, continuou a se abster de fazê-lo depois da morte dos trinta e oito ladrões — incluindo o capitão — pois supunha que os dois restantes, cujo destino desconhecia, ainda continuavam vivos.

Mas, ao cabo de um ano, ao ver que nenhuma empreitada se produzira a ponto de preocupá-lo, a curiosidade de lá voltar se apoderou dele, tomadas as devidas precauções para sua segurança. Ele montou a cavalo e, ao se aproximar da caverna, teve um bom presságio, pois não vira quaisquer vestígios de homens ou cavalos. Desmontou, atrelou seu cavalo e, ao se postar diante da porta, pronunciou as palavras mágicas, que jamais esquecera: — Abre-te, Sésamo. — A porta se abriu, ele entrou, e o estado em que encontrou todas as coisas na caverna fez com que concluísse que ninguém mais havia entrado nela desde a época em que o falso Cogia Houssain se instalara na cidade — de modo que a tropa de quarenta ladrões teria sido totalmente dissipada e exterminada desde então; e ele passou a ter certeza de que era o único no mundo que sabia da senha para abrir a caverna, e de que o tesouro que ela continha estava à sua disposição. Arrumou uma mala, encheu-a com todo o ouro que o cavalo podia carregar e voltou para a cidade.

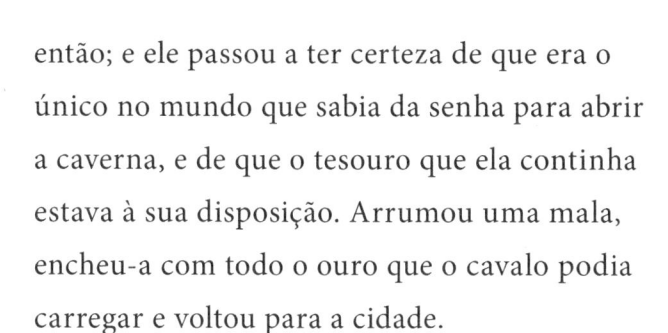

Desde então, Ali Babá, seu filho — que ele levou até a caverna, ensinando-lhe o segredo para nela entrar — e, depois deles, seus descendentes, que passaram a compartilhar do segredo — aproveitaram da fortuna com moderação, vivendo em grande esplendor e dignos das maiores honrarias da cidade.

Depois de ter narrado esta história ao sultão Schahriar, Sherazade, vendo que ainda não era dia, começou a lhe contar o relato seguinte.

A HISTÓRIA DE *Ali Cogia,* MERCADOR DE *Bagdá*

Durante o reinado do califa Haroun Alraschid — começa a sultana — havia em Bagdá um comerciante chamado Ali Cogia, que não era nem dos mais ricos nem dos mais pobres, e vivia na casa paterna, sem mulher e filhos. Durante a época em que, livre de quaisquer amarras, vivia satisfeito com o que seu negócio lhe produzia, teve, por três dias seguidos, um sonho em que um venerável ancião lhe aparecia com um olhar severo, repreendendo-o por ainda não ter feito sua peregrinação a Meca[3].

---

3 Chamada de *hajj*, a peregrinação à cidade saudita é uma das cinco obrigações de todo muçulmano, que incluem também o testemunho religioso, a oração diária, as esmolas e o jejum durante o mês do Ramadã. (N. do T.)

Esse sonho perturbou Ali Cogia, deixando-o muito envergonhado. Como bom muçulmano, ele estava ciente de sua obrigação de fazer a peregrinação, porém, como tinha a seu cargo uma casa, alguns móveis e seu comércio, sempre acreditou que estes seriam motivos suficientes para dispensá-lo de tal dever, complementando-o com mais esmolas e outras boas obras. Entretanto, desde que começara a ter aquele sonho, sua consciência começou a pressioná-lo de tal forma que o medo de que algum infortúnio lhe acontecesse fez com que decidisse não esperar mais para cumprir com sua obrigação.

Para ter condições de satisfazê-la no decorrer daquele mesmo ano, Ali Cogia começou a vender seus móveis; em seguida, vendeu a loja e a maioria das mercadorias de seu estoque, reservando apenas aquelas que poderiam ser vendidas em Meca; e, quanto à casa, encontrou alguém que quisesse alugá-la. Com as coisas assim organizadas, viu-se pronto para partir a tempo de se juntar à caravana que saía de Bagdá. A única coisa que lhe restava fazer era deixar guardada, em plena segurança — enquanto fazia a peregrinação — sua poupança de mil moedas de ouro, depois de ter separado o suficiente para suas despesas e outras necessidades.

Ali Cogia escolheu um vaso com a capacidade adequada, colocou nele as mil moedas de ouro e terminou de enchê-lo com azeitonas. Depois de fechar bem o vaso, ele o levou a um comerciante, amigo dele. Disse-lhe: — Meu irmão, você sabe que dentro de alguns dias partirei como peregrino para Meca com a caravana. Peço-lhe, por favor, que me faça a gentileza de cuidar deste vaso de azeitonas e guardá-lo para mim até o meu retorno. — O comerciante lhe disse, amavelmente: — Tome, eis aqui a chave da minha loja, leve você mesmo seu vaso e o coloque onde quiser, prometo que o reencontrará no mesmo lugar quando voltar.

Quando chegou o dia da partida da caravana de Bagdá, Ali Cogia, com um camelo carregado com as mercadorias que havia escolhido — e que lhe serviria de montaria no caminho — juntou-se aos peregrinos e se dirigiu alegremente a Meca. Lá chegando, ele adentrou com os outros peregrinos o famoso templo, visitado ano após ano por todos os povos muçulmanos, que a ele se dirigem de todos os lugares da Terra por onde estão espalhados, observando muito religiosamente as cerimônias que lhes são prescritas. Depois de cumprir os deveres de sua peregrinação, Ali Cogia expôs as mercadorias que trouxera para vender ou trocar.

Dois mercadores de passagem, ao ver os produtos de Ali Cogia, acharam-nos tão belos que pararam para admirá-los, embora não precisassem deles. Satisfeita a curiosidade e, já se afastando, um disse ao outro: — Se esse comerciante soubesse o lucro que faria no Cairo com suas mercadorias, haveria de levá-las para lá em vez de tentar vendê-las aqui, onde não há de conseguir grande coisa por elas.

Ali Cogia escutou essas palavras e, como já tinha ouvido falar milhares de vezes das belezas do Egito, resolveu imediatamente aproveitar a oportunidade e fazer tal viagem. Então, depois de reembalar e empacotar as mercadorias, em vez de retornar a Bagdá, pegou a estrada para o Egito, juntando-se à caravana do Cairo. Quando lá chegou, não encontrou motivos para se arrepender da decisão que havia tomado, pois conseguiu tão grande lucro que, em poucos dias, terminou de vender todas as mercadorias com rendimentos muito maiores do que esperava. Comprou então outros produtos, com a intenção de ir para Damasco. Enquanto esperava a chegada de uma caravana que haveria de partir em seis semanas, não se contentou em ver tudo o que era digno de sua curiosidade no Cairo, indo também admirar as pirâmides, subindo o rio Nilo até certa distância e visitando as cidades mais famosas, situadas em ambas as suas margens.

Na viagem para Damasco, como a caravana passaria por Jerusalém, o nosso mercador de Bagdá aproveitou para visitar o templo, considerado por todos os muçulmanos o mais sagrado depois de Meca, de onde esta cidade tira seu título de nobre santidade.

Ali Cogia achou a cidade de Damasco um lugar tão encantador — dada a abundância de suas águas, de seus prados e de seus jardins encantados — que tudo o que havia lido sobre suas acomodações em nossas histórias lhe pareceu muito abaixo da realidade, e acabou ficando muito tempo lá hospedado. No entanto, como não se esqueceu de que suas origens estavam em Bagdá, partiu finalmente, passando por Alepo — onde permaneceu algum tempo — e, de lá, depois de cruzar o Eufrates, tomou a estrada para Mossul, pretendendo encurtar seu retorno descendo o Tigre.

Mas, ao chegar a Mossul, mercadores da Pérsia que o haviam acompanhado desde Alepo — e com quem havia feito grande amizade — influenciaram-no de tal maneira, com sua honestidade e conversas agradáveis, que não tiveram que se esforçar muito para convencê-lo a continuar em sua companhia até Xiraz, de onde conseguiria retornar facilmente para Bagdá, economizando consideravelmente. Conduziram-no pelas cidades persas de Soltaniyeh, Rey, Qom, Caxã, Isfahan, e daí para Xiraz, de onde ele novamente cedeu à vontade deles, acompanhando-os até a

Índia e voltando em seguida, uma vez mais, para Xiraz.

Assim, contando o tempo que ficou em cada cidade, passaram-se quase sete anos desde que Ali Cogia saíra de Bagdá, quando, por fim, resolveu tomar o caminho de casa. Até então, o amigo a quem ele confiara o vaso de azeitonas antes de sua partida não havia se lembrado dele, tampouco do vaso. Certa noite, porém, enquanto Ali Cogia retornava com uma caravana que saíra de Xiraz, esse seu amigo comerciante estava jantando com a família e alguém falou de azeitonas, ao que sua esposa sentiu vontade de comer algumas, dizendo que fazia muito tempo que não as via em casa.

— Falando em azeitonas — disse-lhe o marido — você acaba de me lembrar que Ali Cogia me deixou um vaso com elas quando foi a Meca, sete anos atrás, e que ele mesmo foi depositá-lo em minha loja, esperando buscá-lo ao voltar. Mas onde está Ali Cogia desde que partiu? É verdade que, quando sua caravana voltou, disseram-me que ele havia passado pelo Egito. Deve ter morrido por lá, já que não retornou depois de tantos anos. Penso que agora podemos comer as azeitonas, se ainda estiverem boas. Dê-me um prato e um lampião, vou pegar algumas delas e havemos de prová-las.

— Meu marido — retrucou a mulher — tome cuidado, em nome de Deus, para não cometer um ato tão sombrio. Você sabe muito bem que nada é mais sagrado do que um depósito de mercadorias. Você me disse que, sete anos atrás, Ali Cogia foi para Meca e não voltou. Informaram-lhe então que ele foi para o Egito, mas como você sabe se ele não foi para além do Egito? Se não tem notícias de sua morte, ele pode muito bem retornar amanhã, ou depois de amanhã. Que desgraça seria para você e sua família se ele voltasse e você não lhe devolvesse o vaso nas mesmas condições em que ele o confiou a você! Estou lhe dizendo que não quero essas azeitonas, e que não as comerei. Se falei a esse respeito, só o fiz em razão de nossa conversa. Além disso, você acredita realmente que, depois de tanto tempo, as azeitonas ainda estão boas? Devem estar podres e estragadas. E, se por acaso Ali Cogia voltar — como pressinto — e perceber que você tocou no vaso dele, que julgamento fará de sua amizade e fidelidade? Eu lhe imploro que desista dessa ideia.

A esposa apenas falou por tanto tempo porque era capaz de ver a teimosia no rosto do marido. De fato, ele não deu ouvidos a tão bons conselhos, levantou-se e foi até sua loja com um lampião e um prato. Então, sua esposa lhe disse: — Lembre-se, pelo menos, de que não vou tomar parte no que está prestes a fazer, para que você não me atribua nenhuma culpa se por acaso se arrepender.

O comerciante continuou a não lhe dar ouvidos, e prosseguiu com seu plano. Já na loja, tomou o vaso, destampou-o e viu as azeitonas todas podres. Para saber se a parte de baixo estava tão estragada quanto a de cima, inclinou o vaso sobre o prato e, com o movimento brusco que fez para despejá-las, algumas moedas de ouro caíram nele, fazendo certo barulho.

Ao ver as moedas, o comerciante, com a ambição naturalmente atiçada, olha para dentro do vaso e percebe ter derramado quase todas as azeitonas no prato, restando no vaso apenas belas moedas de ouro. Ele retorna ao vaso as azeitonas que havia despejado, tampa-o novamente e volta para casa.

— Minha esposa — diz ele ao regressar — você tinha razão, as azeitonas estão podres, e eu as recoloquei no vaso para que Ali Cogia não perceba que toquei nelas, se por acaso ele voltar. — Teria sido melhor se você tivesse acreditado em mim — retrucou a mulher — e nem as tivesse tocado. Queira Deus que nenhum mal nos aconteça!

O mercador ficou tão pouco comovido com essas últimas palavras da esposa quanto com as críticas que ela lhe fizera. Passou quase toda a noite pensando em como se apropriar do ouro de Ali Cogia e garantir que ficasse com ele caso o amigo retornasse e pedisse o vaso de volta.

Na manhã seguinte, bem cedo, ele vai comprar azeitonas da safra daquele ano, regressa à loja, joga fora as azeitonas velhas do vaso de Ali Cogia, pega todo o ouro que há nele — colocando-o em um lugar seguro — e, depois de encher novamente o vaso com as azeitonas que acabara de comprar, cobre-o com a mesma tampa e o coloca no mesmo lugar em que Ali Cogia o havia disposto.

Cerca de um mês depois de o comerciante ter cometido um ato tão covarde — e que haveria de lhe custar caro — Ali Cogia chegou a Bagdá de sua longa viagem. Como havia alugado sua casa antes de partir, alojou-se em um cã, onde ficou hospedado até que seu inquilino — avisado de seu retorno — encontrasse moradia em outro lugar.

No dia seguinte, Ali Cogia foi se encontrar com seu amigo comerciante, que o recebeu com um abraço e expressando muita alegria por tê-lo de volta depois de uma ausência de tantos anos — que, segundo disse, começava a fazê-lo perder as esperanças de revê-lo.

Depois dos cumprimentos de costume em reencontros daquele tipo, Ali Cogia pediu ao comerciante a gentileza de devolver o vaso de azeitonas que lhe confiara, desculpando-se pela liberdade que tomara ao encarregá-lo de tal tarefa.

— Ali Cogia, meu caro amigo — respondeu o comerciante — não tem razão em se desculpar, pois não fiquei nem um pouco incomodado com seu vaso e, se eu me encontrasse em igual situação, teria feito o mesmo que você. Eis aqui a chave da minha loja, vá e pegue seu vaso, você o encontrará no mesmo lugar em que o colocou.

Ali Cogia foi até a loja do comerciante, pegou seu vaso e, depois de devolver a chave para o amigo, agradecendo-lhe o favor que fizera, voltou ao cã onde havia se hospedado, destampou o vaso e, colocando a mão onde deveriam estar as mil moedas de ouro que havia escondido, ficou muito surpreso por não encontrá-las. Pensou estar enganado e, para se livrar rapidamente de quaisquer dúvidas, pegou alguns pratos e outros recipientes em seus utensílios de viagem e neles despejou todas as azeitonas que havia dentro do vaso, sem encontrar uma única moeda de ouro. Permaneceu paralisado de tão surpreso e, levantando as mãos e os olhos para o céu, exclamou: — Como é possível que um homem que eu considerava meu bom amigo tenha cometido uma traição tão indigna contra mim?

Ali Cogia, visivelmente alarmado pelo medo de ter sofrido uma perda tão considerável, volta à casa do comerciante. — Meu amigo — disse-lhe — não se surpreenda por eu ter retornado. Admito reconhecer o vaso de azeitonas que peguei em sua loja como o que lá havia colocado. Em seu interior, com as azeitonas, havia depositado mil moedas de ouro, mas não as encontrei mais. Talvez você tenha precisado delas, e as tenha usado em seus negócios. Se assim for, elas lhe serviram bem. Apenas lhe peço que me livre de minha angústia e reconheça o que fez, devolvendo-as para mim quando lhe for conveniente.

O comerciante, que esperava que Ali Cogia viesse lhe fazer esse pedido, já havia pensado no que haveria de lhe responder. — Ali Cogia, meu amigo — disse ele — por acaso toquei no seu vaso de azeitonas quando você veio trazê-lo? Não lhe dei a chave da minha loja? Não foi você mesmo quem o levou lá, e não o encontrou exatamente no mesmo lugar em que o havia colocado, nas mesmas condições e tampado da mesmíssima forma? Se você colocou ouro no interior dele, deve tê-lo encontrado onde estava. Você apenas me disse que havia azeitonas no vaso, e eu acreditei em você. Isso é tudo que sei a respeito. Creia em mim se quiser, mas não toquei em nada.

Ali Cogia usou de toda a gentileza possível para tentar fazer com que o comerciante agisse de forma justa. — Eu apenas amo a paz — disse ele — e lamentaria ter de recorrer a extremos que não fossem dignos de você, e dos quais me serviria com muito pesar. Leve em consideração que comerciantes como nós têm que desistir de grande parte de nossos lucros para manter uma boa reputação. Uma vez mais, lamentaria muito se a sua teimosia me obrigasse a tomar o caminho da justiça, ainda mais eu, que sempre preferi sofrer perdas a exercer meu direito de recorrer a ela.

— Ali Cogia — retomou o comerciante — você há de concordar que colocou em minha casa um vaso de azeitonas. Você o pegou de volta, levou-o embora e vem agora me pedir mil moedas de ouro! Por acaso você me havia dito que elas estavam no vaso? Eu nem sequer sei se havia azeitonas nele, nem isso você me mostrou. Estou surpreso que você não tenha vindo me pedir pérolas ou diamantes, em vez de ouro. Acredite em mim, vá embora e evite que uma multidão venha se amontoar em frente à minha loja.

Algumas pessoas já estavam paradas diante deles e, como as últimas palavras do comerciante tinham sido proferidas em um tom que extrapolava os limites da moderação, não apenas outros transeuntes começaram a se acumular em frente ao comércio, como também os lojistas vizinhos passaram a sair de seu estabelecimento, para vir saber do que tratava aquela discussão entre Ali Cogia e seu colega, e tentar levá-los a um acordo. Quando Ali Cogia lhes expôs o assunto, aqueles que estavam mais à frente perguntaram ao comerciante o que ele tinha a dizer.

O comerciante confessou que guardara o vaso de Ali Cogia em sua loja, mas negou que tivesse tocado nele, e jurou que só sabia que havia azeitonas em seu interior porque era isso que Ali Cogia lhe tinha dito, e que todos ali eram testemunhas dos insultos e do constrangimento que vinham lhe fazer em sua própria casa.

— Foi você quem trouxe constrangimento a si mesmo — disse Ali Cogia, agarrando o braço do comerciante — mas já que age de modo tão perverso, eu o incito a confrontar a lei de Deus. Vamos ver se tem coragem de dizer a mesma coisa diante do cádi[4].

Diante dessa intimação, à qual todo bom muçulmano deve obedecer — a menos que se rebele contra a religião — o comerciante não teve coragem de resistir. — Vamos lá — disse ele — é exatamente isso que quero. Vamos ver afinal quem está errado, ou você ou eu.

Ali Cogia levou o comerciante ao tribunal do cádi, onde o acusou de lhe ter roubado mil moedas de ouro, expondo o ocorrido como acabamos de ver. O cádi lhe

---

4   Juiz muçulmano que age de acordo com a xária, o direito religioso islâmico. (N. do T.)

perguntou então se tinha testemunhas. Ele respondeu que era uma precaução que não havia tomado, pois acreditava que a pessoa a quem confiara seu depósito fosse seu amigo e que, até então, considerava-o um homem honesto.

O comerciante não disse nada além do que já havia dito a Ali Cogia e na presença dos vizinhos, e concluiu — afirmando estar disposto a declarar, sob juramento — não apenas que era mentira que ele tivesse tomado para si as mil moedas de ouro — crime do qual era acusado — como também que nem sequer tinha conhecimento de sua existência. O cádi exigiu que ele fizesse tal juramento, dispensando-o assim que o fizera, absolvendo-o de qualquer falta.

Ali Cogia, extremamente mortificado ao se ver condenado a uma perda tão considerável, protestou contra o julgamento declarando ao cádi que levaria sua queixa ao califa[5] Haroun Alraschid, que lhe faria justiça. Mas o cádi não se sensibilizou com seus protestos, considerando-os resultado do ressentimento comum a todos aqueles que perdem sua causa, e julgou ter cumprido com seu dever ao liberar um acusado contra quem não havia quaisquer testemunhas.

Enquanto o comerciante voltava para casa, triunfando sobre Ali Cogia, extremamente feliz por ter conseguido mil moedas de ouro de maneira tão fácil, Ali Cogia foi redigir sua petição e, no dia seguinte, pôs-se a esperar o califa retornar da mesquita logo depois da oração do meio-dia, postando-se em uma das ruas do caminho que ele percorria. Assim que o califa passou diante dele, ele levantou o braço com a petição na mão, e um oficial encarregado dessa função — que caminhava à frente do cortejo — afastou-se dos demais e veio tomar a solicitação para entregá-la ao seu líder.

---

5 Considerado sucessor do profeta Maomé, o califa atua como líder temporal e espiritual da comunidade islâmica. (N. do T.)

Como Ali Cogia sabia que o califa Haroun Alraschid tinha o costume — assim que retornava ao palácio — de ler ele mesmo as petições que lhe eram assim apresentadas, ele seguiu o cortejo, entrou no palácio e esperou que o oficial que havia levado a petição saísse dos aposentos de seu senhor. Ao se retirar, o oficial lhe disse que o califa havia lido seu pedido, comunicou-lhe a hora em que ele o ouviria no dia seguinte e, depois de lhe pedir o endereço do comerciante, mandou dizer que ele também ali se apresentasse, exatamente no mesmo horário.

Naquela mesma noite, o califa —com o grão-vizir, Giafar, e o chefe dos eunucos, Mesrour — ambos disfarçados, assim como ele, foram fazer suas rondas na cidade, como, de tempos em tempos, era seu costume.

Ao passar por uma rua, o califa ouviu um barulho; apressou o passo e chegou a uma porta que dava para um pátio, onde dez ou doze crianças que ainda não haviam se recolhido para dormir brincavam ao luar — algo que ele notou ao olhar por uma fresta.

ALI BABÁ
e os Quarenta Ladrões

O califa, curioso para saber de que brincavam aquelas crianças, sentou-se em um banco de pedra que, por acaso, ficava perto da porta e, continuando a olhar pela fresta, ouviu uma das crianças — a mais animada e esperta de todas — dizer às outras: — Vamos brincar de cádi. Eu sou o cádi, tragam-me Ali Cogia e o comerciante que lhe roubou mil moedas de ouro.

Ao ouvir essas palavras, o califa se lembrou da petição que havia lido — um dos pedidos que lhe haviam sido apresentados naquele mesmo dia — e, por isso, redobrou a atenção, para ver qual seria o resultado do julgamento.

Como o caso de Ali Cogia e do comerciante era novo e havia causado grande rebuliço na cidade de Bagdá — até mesmo entre as crianças — todos aceitaram alegremente a proposta, entrando em acordo para decidir qual personagem cada um deveria representar. Ninguém se opôs àquele que se oferecera para fazer o papel de cádi. Quando ele assumiu a sessão com a aparência e a seriedade próprias de seu papel, uma das outras crianças — como oficial de tribunal — apresentou-lhe outros dois pequenos, um deles, Ali Cogia e, o outro, o comerciante contra quem aquele apresentara a queixa.

Em seguida, o falso cádi falou, questionando muito seriamente o falso Ali Cogia: — Ali Cogia — disse ele — o que você está pedindo a este comerciante?

O falso Ali Cogia, após profunda reverência, informou o falso cádi do ocorrido, em todos os detalhes e, ao terminar, concluiu implorando que utilizasse a autoridade de seu julgamento para impedi-lo de incorrer em uma perda tão grande.

O falso cádi, depois de ter ouvido o falso Ali Cogia, voltou-se para o falso comerciante e lhe perguntou por que não devolvia a Ali Cogia a quantia que ele pedia.

O pretenso comerciante apresentou as mesmas razões que o verdadeiro havia alegado perante o cádi de Bagdá e, da mesmíssima forma, o cádi lhe pediu que jurasse que aquilo que dizia era verdade.

— Não tão rápido — retomou o pretenso cádi. — Antes de você jurar, gostaria muito de ver o tal vaso de azeitonas. Ali Cogia — acrescentou, dirigindo-se ao falso comerciante com este nome — por acaso você trouxe o vaso? — Diante de sua resposta negativa, ele continuou: — Vá então pegá-lo e o traga a mim.

O falso Ali Cogia desaparece por um instante e, ao voltar, finge colocar um vaso na frente do falso cádi, dizendo que era o mesmo recipiente que havia colocado na casa do acusado e havia retirado de lá. Para não escapar à formalidade do julgamento, o pretenso cádi perguntou ao pretenso comerciante se ele também reconhecia ser aquele o mesmo vaso e, como o falso comerciante testemunhara com seu silêncio que não podia dizer o contrário, o cádi de mentirinha ordenou que o destampassem. O falso Ali Cogia fingiu tirar a tampa, e o pretenso cádi, simulando que olhava dentro do vaso, disse: — Que belas azeitonas, exatamente como eu gosto! — Fingiu então pegar uma e prová-la, acrescentando: — Elas estão excelentes.

— Mas — continuou o pretenso cádi — tenho para mim que azeitonas guardadas por sete anos não deveriam estar tão boas. Que venham os mercadores de azeitonas e vejam o que aconteceu. — Duas crianças lhe foram então apresentadas como comerciantes de azeitonas. — Vocês são mercadores de azeitonas? — perguntou o pretenso cádi. Como eles responderam que aquela era sua profissão, ele continuou: — Digam-me, vocês sabem por quanto tempo as azeitonas preparadas por aqueles que sabem como fazê-lo continuam boas para se comer?

— Meu senhor — responderam os falsos mercadores — por mais que façamos todas as preparações necessárias para guardá-las, elas já não valem mais nada ao cabo do terceiro ano. Ficam sem sabor nem cor, e só servem para ser jogadas fora. — Se assim é — retomou o pretenso cádi — olhem este vaso e me digam há quanto tempo estas azeitonas foram colocadas nele.

Os falsos comerciantes fingiram examinar as azeitonas e prová-las, e testemunharam ao cádi que se tratava de produtos frescos e bons. — Vocês estão enganados — retomou o falso cádi — eis aqui Ali Cogia dizendo que as colocou no vaso há sete anos.

— Meu senhor — responderam os mercadores considerados peritos — podemos lhe assegurar que estas azeitonas são da safra deste ano, e insistimos que, de todos os comerciantes de azeitonas de Bagdá, não haverá um que não diga o mesmo que acabamos de afirmar.

O pretenso comerciante, acusado pelo pretenso Ali Cogia, quis abrir a boca contra o testemunho dos comerciantes especializados. Mas o falso cádi não lhe deu tempo de fazê-lo. — Cale-se — disse ele — você é um ladrão. Enforquem-no! — E, assim, as crianças terminaram sua brincadeira alegremente, batendo palmas e se jogando sobre o falso criminoso, fingindo levá-lo à forca.

Não é possível expressar o quanto o califa Haroun Alraschid admirou a sabedoria e a inteligência da criança que acabara de emitir um julgamento tão sábio sobre o mesmo assunto que seria discutido diante dele no dia seguinte. Parando de olhar pela fresta e se levantando, perguntou então ao grão-vizir — que também havia prestado atenção ao que acabara de acontecer — se ouvira o julgamento que a criança proferira, e o que pensava a respeito. — Dirigente dos fiéis — respondeu o grão-vizir Giafar — ninguém poderia ter ficado mais surpreso do que eu ao testemunhar tamanha sabedoria em tão tenra idade.

— Mas — retomou o califa — por acaso você sabia que eu tenho que me pronunciar amanhã sobre esse mesmo assunto, já que o verdadeiro Ali Cogia me apresentou sua petição hoje? — Acabei de saber com vossa majestade — respondeu o grão-vizir. — Você acha — continuou o califa — que poderia tratar esse julgamento de modo diferente daquele que acabamos de testemunhar? — Se o assunto é o mesmo — respondeu o grão-vizir — não me parece que vossa majestade possa proceder de outra maneira, ou mesmo decidir de outra forma. — Preste atenção a esta casa, então — disse o califa — e me traga essa criança amanhã, para que ela possa julgar o mesmo caso em minha presença. Peça também ao cádi que absolveu o mercador ladrão para lá estar, para que aprenda seu dever e se corrija, com o exemplo de uma criança. Também quero que você trate de informar Ali Cogia para trazer seu vaso de azeitonas, e que dois mercadores de azeitonas estejam em minha audiência. — O califa lhe deu essa ordem enquanto continuava suas rondas, que foram encerradas sem que pudessem encontrar mais nada que merecesse sua atenção.

  No dia seguinte, o grão-vizir Giafar foi à casa onde o califa vira as crianças brincando e pediu para falar com o proprietário; na falta deste, que havia saído, ele se viu obrigado a falar com a esposa dele. Perguntou-lhe se tinha filhos; ela respondeu que tinha três e os chamou diante dele. — Minhas crianças — perguntou-lhes o grão-vizir — qual de vocês fez o papel do cádi ontem à noite, quando estavam todos brincando juntos? — O mais alto deles, que era também o mais velho, respondeu que havia sido ele e, como não sabia o motivo da pergunta, empalideceu. — Meu filho — disse-lhe então o grão-vizir — venha comigo, o dirigente dos fiéis quer vê-lo.

A mãe ficou muito alarmada quando viu que o grão-vizir queria levar o filho embora. Ela perguntou: — Meu senhor, o dirigente dos fiéis lhe pediu para vir sequestrar meu filho? O grão-vizir a tranquilizou, prometendo-lhe que o filho seria enviado de volta para ela em menos de uma hora e que ela saberia, quando ele regressasse, sobre o assunto por que fora chamado, o que a deixaria muito satisfeita. — Se é assim, meu senhor — retomou a mãe — permita-me antes vesti-lo com uma roupa mais limpa, para que se apresente de mais dignamente diante do dirigente dos fiéis. — E ela assim o fez, sem perda de tempo.

O grão-vizir levou a criança consigo e a apresentou ao califa no exato momento em que deveria ouvir Ali Cogia e o comerciante.

O califa, vendo o menino um tanto quanto desnorteado e querendo prepará-lo para cumprir o que esperava dele, disse: — Venha aqui, meu filho, aproxime-se. Foi você quem julgou ontem o caso de Ali Cogia e do mercador que roubou seu ouro? Vi-o e ouvi o que disse, e fiquei muito contente com você. — A criança não se atrapalhou, e respondeu, com muita modéstia, que havia sido ele mesmo. — Meu filho — retomou o califa — quero que todos vejam hoje o verdadeiro Ali Cogia e o verdadeiro mercador: venha se sentar perto de mim.

Então o califa pegou a criança pela mão, subiu e se sentou no trono; e, depois de fazer a criança se sentar perto dele, pediu que lhe trouxessem as partes. Trouxeram ambos os homens diante dele e os apresentaram, enquanto eles se prostravam, tocando com a testa o tapete que cobria o trono. Ao se levantarem, o califa lhes disse: — Que cada um de vocês defenda seu caso. Esta criança vai ouvi-los e lhes fazer justiça; caso lhes falte algo ao fim do julgamento, eu os recompensarei.

Ali Cogia e o mercador falaram, primeiro um, depois o outro e, quando o comerciante pediu licença para fazer o mesmo juramento que havia feito no primeiro julgamento, a criança disse que ainda não era o momento, sendo apropriado ver antes o vaso com as azeitonas.

Ao ouvir essas palavras, Ali Cogia apresentou o vaso, colocou-o aos pés do califa e o destampou. O califa olhou para as azeitonas e pegou uma, provando-a. O vaso foi então entregue aos comerciantes especializados que haviam sido chamados para examiná-lo, e eles confirmaram que aquelas azeitonas estavam boas, e faziam parte da safra daquele ano. A criança lhes disse que Ali Cogia havia assegurado que as colocara ali sete anos antes, e os peritos afirmaram o mesmo que as crianças que fingiam ser comerciantes experientes haviam respondido, como vimos.

Nesse instante, embora o comerciante acusado tivesse percebido que os dois mercadores experientes haviam acabado de pronunciar sua condenação, ainda assim queria se justificar de alguma maneira; mas a criança teve o cuidado de não o mandar para a forca. Olhou para o califa e disse: — Dirigente dos fiéis, isto não é uma brincadeira.

ALI BABÁ
e os Quarenta Ladrões

Cabe à vossa majestade condenar alguém à morte, e não a mim, pois ontem estava apenas me divertindo.

O califa, plenamente ciente da má-fé do mercador, legou aos ministros da justiça que o enforcassem, o que foi feito logo depois de ele ter declarado onde havia escondido as mil moedas de ouro, que foram então devolvidas a Ali Cogia. Por fim, o monarca, tomado de justiça e equidade — e depois de ter advertido o cádi que havia proferido o primeiro julgamento, que estava presente, a aprender com uma criança a ser mais preciso em sua função — beijou o menino e o liberou com uma bolsa de cem moedas de ouro, que ele lhe ofertara como demonstração de sua generosidade.

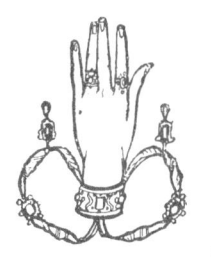

A HISTÓRIA DO Cavalo Encantado

ALI BABÁ
e os Quarenta Ladrões

Sherazade, continuando a contar ao sultão das Índias as suas narrativas tão agradáveis, e que tanto lhe davam prazer, relatou-lhe então a história do cavalo encantado.

— Meu senhor — disse ela — como vossa majestade bem sabe, o Nevruz — ou seja, o novo dia, o primeiro dia do ano e da primavera, assim chamado por suas qualidades — é uma festa tão solene e tão antiga em toda a Pérsia, existente desde os primórdios da idolatria, que nem mesmo a introdução da religião de nosso profeta — sendo pura como é, e por nós considerada a verdadeira — conseguiu aboli-la até hoje, embora possamos afirmar que se trata de uma festa completamente pagã, e composta de cerimônias supersticiosas. Sem mencionar as grandes cidades, não há vilarejo, aldeia, vila ou povoado onde não a celebrem com extraordinárias festividades.

Mas os festejos que acontecem na corte superam infinitamente todos os outros, por sua variedade de espetáculos novos e surpreendentes; e os estrangeiros dos estados vizinhos — e mesmo dos mais distantes — veem-se atraídos pelas recompensas e pela generosidade dos reis para com aqueles que se destacam por suas invenções e por sua inteligência, fazendo com que não se veja nada nem sequer parecido em magnificência em outras partes do mundo.

Em uma dessas festas, depois que os mais habilidosos e inteligentes do país — assim como os estrangeiros que haviam vindo a Xiraz, onde então ficava a corte — apresentaram ao rei e toda a sua corte o brilhantismo de seus espetáculos, e que o rei demonstrara sua generosidade para com eles, de acordo com o que cada um merecera e o que lhe parecera mais extraordinário, maravilhoso e satisfatório, tratando todos com tamanha justiça que não houvesse quem não se considerasse dignamente recompensado — no instante em que o monarca se preparava para se retirar e dispensar a grande assembleia, apareceu aos pés de seu trono um indiano, conduzindo um cavalo ricamente selado e arreado, caracterizado de modo tão artístico que qualquer um, ao vê-lo, pensaria logo de início se tratar de uma montaria de verdade.

O indiano se prostrou diante do trono e, ao se levantar, mostrando o cavalo ao rei, disse-lhe: — Meu senhor, mesmo que eu tenha vindo por último me apresentar neste palco diante de vossa majestade, posso ainda assim lhe assegurar de que este dia de festejos não há de ver nada tão maravilhoso e tão surpreendente quanto o cavalo que venho rogar que observem.

— Não vejo nada neste cavalo — disse o rei — a não ser a arte e a diligência do trabalhador em o tornar o mais semelhante possível com a natureza. Entretanto, outro artesão seria capaz de fazer um igual, até mesmo o superando em perfeição.

— Meu senhor — retrucou o indiano — não é tanto por sua construção nem pelo que parece por fora que pretendo fazer com que vossa majestade considere meu cavalo uma maravilha, mas pela maneira como faço uso dele, — algo que qualquer outro homem poderá vir a fazer, assim que eu lhe informar do segredo que sei. Sempre que monto nele — em qualquer lugar na Terra, por mais longe que eu esteja — posso me transportar pelos ares em pouquíssimo tempo. Em poucas palavras, meu senhor, é nisso que consiste a maravilha de meu cavalo, maravilha de que ninguém jamais ouviu falar e, se assim vossa majestade me ordenar, ofereço-me para lhe mostrar essa experiência em todo o seu esplendor.

O rei da Pérsia, que se interessava por tudo o que era maravilhoso, e que — mesmo depois de ter visto, procurado e desejado tantas coisas da natureza — nunca vira nem ouvira nada sequer parecido com aquilo, disse ao indiano que tão somente a experiência que ele acabara de propor seria capaz de convencê-lo da preeminência do cavalo e que estava pronto para ver quão verdadeiras eram suas afirmações.

Imediatamente, o indiano pôs um dos pés no estribo, lançou-se sobre o cavalo com grande leveza e, ao colocar o outro pé no estribo oposto e se firmar na sela, perguntou ao rei da Pérsia para onde lhe agradaria enviá-lo.

Havia, a cerca de quinze quilômetros de Xiraz, uma grande montanha, possível de avistar em toda a sua extensão da grande praça diante do palácio onde estavam o rei da Pérsia e toda a gente que ali tinha ido. — Está vendo aquela montanha? — disse o rei, mostrando-a ao indiano. — É para lá que quero que você vá: a distância não é longa, mas já basta para julgar a rapidez com que deve ir e voltar. E, como não é possível segui-lo com os olhos, como prova de que lá esteve, peço-lhe que me traga uma folha da palmeira que esteja no sopé da montanha.

Nem bem o rei da Pérsia terminou de declarar sua vontade, o indiano virou uma cavilha logo acima do pescoço do cavalo, aproximando-a um pouco mais da dianteira da sela. Em um instante, o cavalo se ergueu do chão, elevando o cavaleiro no ar como um raio, tão alto que, em poucos minutos, mesmo aqueles com os olhos mais aguçados o perderam de vista, para grande admiração do rei e de seus cortesãos, e gritos de espanto ensurdecedores de todos os espectadores reunidos.

Menos de quinze minutos depois, o indiano foi visto novamente no ar, voltando com a folha da palmeira na mão. Por fim, viram-no chegar por sobre a praça, onde fez várias piruetas, diante das aclamações de alegria do povo que o aplaudia, até vir pousar em frente ao trono do rei, no mesmo local de onde partira, sem qualquer solavanco do cavalo que pudesse incomodá-lo. Desmontou e, aproximando-se do trono, prostrou-se e colocou a folha da palmeira aos pés do monarca.

O rei da Pérsia, que testemunhara, com não menos admiração do que espanto, o assombroso espetáculo que o indiano acabava de lhe proporcionar, viu-se imediatamente dominado por um forte desejo de possuir o cavalo. Como estava convencido de que não teria grandes dificuldades em negociar com o indiano — decidido a lhe oferecer qualquer soma que ele pedisse — já a considerava a peça mais preciosa de seu tesouro, com a qual pretendia torná-lo ainda mais valioso. — Ao julgar seu cavalo pela aparência externa — disse ele ao indiano — não fui capaz de ver motivos para considerá-lo da maneira como você me provou ver que ele merece. Por ter me aberto os olhos, tenho uma obrigação para com sua pessoa e, para mostrar o quanto o estimo, estou disposto a comprá-lo, caso esteja à venda.

— Meu senhor — respondeu o indiano — não tinha dúvidas de que vossa majestade — que é conhecido, dentre todos os reis que hoje reinam sobre a Terra, como o monarca que melhor sabe julgar todas as coisas e estimá-las de acordo com seu justo valor — não faria justiça ao meu cavalo, até que lhe informasse o que o torna digno de atenção. Eu já tinha previsto que o senhor não se contentaria em admirá-lo e elogiá-lo, como também gostaria de possuí-lo, como acaba de me dizer. Quanto a mim, meu senhor, embora conheça seu preço tão bem quanto possível e ainda que sua posse me possibilite ter um nome imortal neste

mundo, não sou tão apegado a este cavalo
que não queira me privar dele para satisfazer
a nobre paixão de vossa majestade. Mas,
depois de ter feito essa declaração, vejo-me
compelido a fazer outra, a respeito da condição
imprescindível para que eu possa transmitir tal
objeto a outras mãos, que talvez o senhor não
aceite de bom grado.

 — Mas agradará à vossa majestade saber
— continuou o indiano — que eu mesmo
não comprei este cavalo. Apenas o obtive de
seu inventor e fabricante ao lhe oferecer em
casamento minha única filha, algo que ele me
pedira, assim como outra condição: que eu
nunca o vendesse e, caso fosse passá-lo a um
outro proprietário, que o fizesse por uma troca
que julgasse apropriada.

 O indiano quis continuar, mas ao ouvir
a palavra troca, o rei da Pérsia o interrompeu.
— Estou disposto — respondeu ele — a lhe
conceder a troca que me pedir. Você sabe que
meu reino é grande e está repleto de cidades
enormes, poderosas, ricas e populosas. Deixo
à sua escolha qualquer uma delas, onde poderá
exercer seu poder e soberania pelo resto de seus
dias.

Para toda a corte da Pérsia, essa troca pareceu algo verdadeiramente digno do rei; porém estava muito abaixo do que o indiano tinha em mente. Ele desejava algo muito mais sublime. Respondeu então ao rei: — Meu senhor, sou infinitamente grato à vossa majestade pela oferta que me fez, e não poderia lhe agradecer o suficiente por sua generosidade. — No entanto, peço-lhe que não se ofenda se eu ousar dizer que não posso lhe entregar meu cavalo a não ser que receba de suas mãos sua filha, a princesa, como minha esposa. Estou decidido a perder sua posse apenas por esse preço.

Os cortesãos que cercavam o rei da Pérsia não puderam deixar de cair na gargalhada com o pedido extravagante do indiano; mas o príncipe Firouz Schah, o filho mais velho do rei e herdeiro do reino, ficou completamente indignado ao ouvir tal declaração. O rei, no entanto, pensava de forma diferente, e acreditava ser possível ceder a princesa da Pérsia ao indiano, simplesmente para satisfazer o próprio desejo. No entanto, ele ficou na dúvida se deveria tomar tal decisão.

O príncipe Firouz Schah — vendo que o rei, seu pai, hesitava quanto à resposta que deveria dar ao indiano — temeu que ele lhe concedesse o que pedia, algo que considerava igualmente insultuoso à dignidade real, tanto para a princesa, sua irmã, quanto para si mesmo. Tomou, então, a palavra, advertindo-o:
— Meu senhor — disse — que vossa majestade me perdoe se ouso lhe perguntar ser possível hesitar — nem que seja por um só momento — na recusa que deve fazer à exigência insolente de um homem sem valor, um saltimbanco infame, dando-lhe motivos para, por alguns instantes, gabar-se de ser capaz de entrar para a família de um dos monarcas mais poderosos da Terra! Peço-lhe que considere o que deve não apenas a si mesmo, como também ao seu sangue e à alta nobreza de seus ancestrais.

— Meu filho — retrucou o rei da Pérsia — aceito sua objeção em boa parte, e lhe sou grato pelo zelo que demonstra em preservar o esplendor de seu nascimento no mesmo Estado em que o recebeu. Mas você não considera suficientemente a excelência deste cavalo, nem o fato de que o indiano — que me oferece esta oportunidade para adquiri-lo — possa, caso eu me negue a lhe conceder o que quer, fazer a mesma proposta em outro lugar, passando por cima de nossa honra, levando-me ao desespero se outro monarca pudesse se gabar de me ter superado em generosidade e me privado da posse deste cavalo, que considero a coisa mais singular e digna de admiração que existe no mundo. Não quero dizer, porém, que consinta em lhe conceder o que pede. Talvez ele não esteja inteiramente ciente da exorbitância de suas pretensões e de que — deixando de lado a princesa, minha filha — farei outra proposta que o deixará satisfeito. Mas, antes de chegar à última palavra desta discussão, gostaria muito que você examinasse o cavalo, experimentando-o você mesmo, para que possa me dizer como se sente a respeito. Tenho certeza de que ele permitirá que o faça.

Como é natural se gabar daquilo que se deseja, o indiano julgou entrever no discurso que acabara de ouvir que o rei da Pérsia não era absolutamente contra recebê-lo em sua família ao aceitar o cavalo por tal preço e que o príncipe, por sua vez, em vez de se opor a ele — como acabava de fazer parecer — poderia se tornar seu aliado, pois, longe de contrariar o desejo do rei, ficara muito feliz com sua proposta; e, como sinal de que consentia com prazer ao que ele propusera, antecipou-se ao príncipe, que se aproximava do cavalo, pronto para ajudá-lo a montar, prevenindo-o em seguida do que deveria fazer para melhor conduzi-lo.

O príncipe Firouz Schah, com maravilhosa habilidade, montou o cavalo sem ajuda e, sem firmar os pés nos estribos nem esperar qualquer conselho do indiano, girou a cavilha que tinha visto o indiano girar pouco tempo antes, quando o vira montar. Assim que o fez, o cavalo o carregou com a mesma velocidade de uma flecha disparada pelo arqueiro mais forte e mais habilidoso, de modo que, em poucos instantes, o rei, toda a corte e toda a numerosa assembleia o perderam de vista.

Nem o cavalo nem o príncipe Firouz Schah eram mais visíveis, e o rei da Pérsia fazia esforços inúteis para enxergá-lo, quando o indiano, alarmado com o que acabara de acontecer, prostrou-se diante do trono e obrigou o rei a olhar para ele e prestar atenção ao que estava prestes a dizer: — Meu senhor — disse ele — vossa majestade viu que o príncipe não me permitiu que lhe transmitisse as instruções necessárias para conduzir meu cavalo. Baseado no que me viu fazendo, ele quis mostrar que não precisava de meu conhecimento para partir e se elevar no ar. Por isso, ele ignorou o conselho que lhe dei para virar o cavalo de volta, fazendo-o regressar ao lugar de onde partira. Assim, meu senhor, peço à vossa majestade o favor de não me responsabilizar pelo que possa vir a acontecer com o príncipe. O senhor é por demais justo para me culpar pelo infortúnio que pode ocorrer.

O discurso do indiano angustiou bastante o rei da Pérsia, que entendeu ser inevitável o perigo em que se encontrava o príncipe, seu filho, caso fosse verdade — como afirmava o indiano — que havia um segredo para trazer o cavalo de volta, diferente daquele que o fazia partir e se elevar no ar. Enraivecido, perguntou-lhe o motivo de não o ter chamado de volta no instante em que o vira sair.

— Meu senhor — respondeu o indiano — vossa majestade testemunhou a rapidez com que o cavalo e o príncipe foram levados. A surpresa que me dominou, e que ainda me domina, primeiramente me privou da fala e, quando já era novamente capaz de usá-la, o príncipe já se encontrava tão longe que não ouviria minha voz, e mesmo que a ouvisse, não poderia trazer o cavalo de volta, pois desconhecia o segredo para fazê-lo, por não ter tido a paciência de me ouvir. Mas, meu senhor — acrescentou — ainda há motivos para ter esperança de que o príncipe, no embaraço em que se encontra, perceba a existência de outra cavilha e, girando-a, faça com que o cavalo deixe de subir imediatamente, descendo sobre a terra, onde poderá pousar no local mais adequado que o príncipe encontrar, conduzindo-o com os arreios.

Apesar do raciocínio do indiano, que continha todas as possibilidades aparentes, o rei da Pérsia, alarmado com o evidente perigo em que se encontrava o príncipe, retrucou: — Imaginemos, por mais incerto que isso possa parecer, que meu filho perceba a existência dessa outra cavilha e acabe a usando, como você mesmo afirma. Por acaso o cavalo, em vez de descer sobre a terra, não será capaz de cair sobre um rochedo, espatifar-se no chão ou até mesmo no fundo do mar?

— Meu senhor — respondeu o indiano — posso livrar vossa majestade desse medo, assegurando-lhe que o cavalo cruza os mares sem nunca cair, e que sempre carrega o cavaleiro onde ele pretenda ir. E vossa majestade pode ter certeza de que, se o príncipe notar a outra cavilha que mencionei, o cavalo só o levará para onde ele quiser ir, e é inacreditável que ele vá para algum lugar em que não possa encontrar ajuda ou se fazer conhecer. — Diante dessas palavras do indiano, o rei da Pérsia retrucou: — De qualquer maneira, como não posso confiar nas garantias que está me dando, sua cabeça vingará a vida de meu filho, se em três meses eu não o vir voltar são e salvo ou não tiver certeza de que ele está vivo. — Ele ordenou então que o prendessem e confinassem em uma cela. Em seguida, retirou-se para o palácio, extremamente desolado, já que o festival de Nevruz, tão solene em toda a Pérsia, terminara de forma tão triste para ele e sua corte.

Entrementes, o príncipe Firouz Schah foi alçado ao ar com a velocidade que descrevemos e, em menos de uma hora, viu-se tão alto no céu que não conseguia mais distinguir nada na terra, confundindo as montanhas e os vales com as planícies. Foi então que pensou em retornar ao local de onde partira. Para isso, imaginou que conseguiria fazê-lo girando a mesma cavilha na direção contrária, ao mesmo tempo que apertava os freios. Mas ficou completamente espantado quando viu que o cavalo continuava a carregá-lo com a mesma rapidez. Jogou o corpo para a frente e para trás várias vezes, porém sem sucesso. Foi então que reconheceu o grande erro que cometera ao não obter do indiano todas as informações necessárias para conduzir corretamente o cavalo antes de montá-lo. Imediatamente compreendeu o enorme perigo em que se encontrava. Mas esse conhecimento não o fez perder o juízo: recolheu-se em si mesmo, com todo o bom senso que possuía e, examinando atentamente a cabeça e o pescoço do cavalo, avistou outra cavilha, menor e menos saliente do que a primeira, ao lado da orelha direita. Girou-a então e, no mesmo instante, percebeu que estava descendo à terra em uma trajetória semelhante àquela em que havia subido, mas mais lentamente.

Já fazia meia hora que a escuridão da noite recobria a terra no ponto em que o príncipe Firouz Schah parara quando girou a cavilha. Mas, visto que o cavalo continuava a descer, o sol logo se pôs na direção aonde ele ia, até que tudo estivesse totalmente nas trevas. Assim, longe de poder escolher um local em que pudesse desmontar, o príncipe se viu obrigado a soltar as rédeas do pescoço do cavalo, esperando pacientemente que ele terminasse a descida, não sem se preocupar onde acabaria parando, se seria um lugar habitado, um deserto, um rio ou o mar.

O cavalo finalmente parou e pousou quando já passava da meia-noite. O príncipe Firouz Schah então desmontou, mas com muita fraqueza, dado que não comera nada desde a manhã do dia que acabava de terminar, antes de sair do palácio com o rei, seu pai, para assistir aos espetáculos da festa. A primeira coisa que fez na escuridão da noite foi reconhecer onde estava, e se viu no terraço de um magnífico palácio, coroado por uma balaustrada de mármore a meia altura. Examinando o terraço, ele pôde encontrar a escada por onde se subia do palácio, cuja porta não estava fechada, apenas entreaberta.

Se fosse outra pessoa — e não o príncipe Firouz Schah — talvez ela não se atrevesse a descer, tanto em meio à grande escuridão que então reinava nas escadas, como diante da possibilidade de se deparar com amigos ou inimigos — consideração que não foi capaz de detê-lo. — Não vim fazer mal a ninguém — disse ele para si mesmo — e, aparentemente, quem me vir primeiro, sem quaisquer armas nas mãos, terá a humanidade de me ouvir antes de atentar contra minha vida. — Sem fazer barulho, abriu um pouco mais a porta e desceu com muita cautela para não dar nenhum passo em falso e fazer qualquer ruído que pudesse despertar alguém. Conseguiu descer até um patamar e, lá chegando, encontrou a porta aberta de uma grande sala, de onde se via luz.

O príncipe Firouz Schah parou à porta e, apurando os ouvidos, não conseguiu escutar nada além de pessoas dormindo profundamente, roncando de diferentes modos. Ele avançou um pouco para dentro da sala e, à luz de uma lanterna, viu que os homens que estavam dormindo eram eunucos negros, cada um com sua espada desembainhada próximo ao corpo; assim, teve certeza de que se tratava da antessala dos aposentos de uma rainha ou princesa; mais tarde, ficou sabendo se tratar realmente de uma princesa.

O quarto onde dormia a tal princesa ficava logo depois daquele aposento, e era possível vê-lo pela sua porta, aberta, e em razão de toda a luz que de lá vinha, visível através de uma divisória de seda muito leve.

O príncipe Firouz Schah avançou para a porta, na ponta dos pés, sem acordar os eunucos. Abriu-a e, ao entrar — sem parar para contemplar a magnificência daquele cômodo, que era bastante luxuoso, algo que pouco lhe importava no estado em que se encontrava — só conseguiu se fixar ao que mais lhe chamara a atenção. Avistou várias camas, uma sobre uma base, e as outras no chão. As criadas da princesa dormiam embaixo — a fim de lhe fazer companhia e ajudá-la em suas necessidades — e a princesa sobre a base.

Diante dessa distinção, o príncipe Firouz Schah não se enganaria em sua escolha, dirigindo-se à própria princesa. Aproximou-se de sua cama sem acordar nem ela nem nenhuma das criadas. Quando chegou perto o suficiente, viu uma beleza tão extraordinária e surpreendente que ficou encantado, completamente apaixonado à primeira vista.
— Céus! — exclamou ele para si mesmo. —

Meu destino me trouxe até este lugar para me fazer perder a liberdade, que mantive intacta até agora? Não deveria eu esperar escravidão na certa, assim que ela abrir os olhos, se eles, como imagino, completarem o brilho e a perfeição de um conjunto de atrações e encantos tão maravilhosos? Tenho que me decidir, pois não posso recuar nem me tornar um assassino, e a necessidade assim o ordena.

 Terminadas essas reflexões, tanto em relação ao estado em que ele se encontrava como à beleza da princesa, o Príncipe Firouz Schah se ajoelhou e, agarrando a ponta da manga pendente da camisa da princesa — de onde se via sobressair um braço perfeito e branco como a neve — puxou-a bem de leve.

 A princesa abriu os olhos e, surpresa de ver diante de si um homem bem constituído, bem-vestido e de boa aparência, ficou pasma, sem, porém, dar qualquer sinal de pavor ou choque.

 O príncipe se aproveitou desse momento favorável, baixou a cabeça quase até o chão e, erguendo-a, disse: — Respeitável princesa, por uma das mais extraordinárias e maravilhosas aventuras que se possa imaginar, você vê a seus pés um príncipe suplicante, filho do rei da Pérsia, que, ontem mesmo de manhã, estava perto do monarca, seu pai, em meio às alegrias de uma festa solene, e que, agora, encontra-se em um país desconhecido, em que corre o risco de perecer se não dispuser da bondade e generosidade de ajudá-lo com seu amparo e proteção. Rogo-lhe tal proteção, adorável princesa, certo de que não vai me dizer não. Atrevo-me a me convencer disso por estar seguro de que um espírito desumano jamais estaria recoberto de tanta beleza, tanto encanto e tanta majestade.

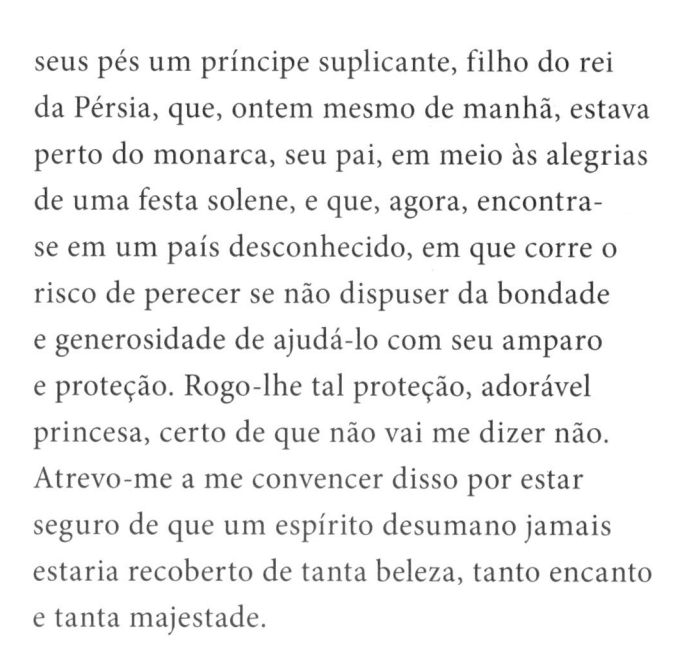

A princesa a quem o príncipe Firouz Schah se dirigiu com tanta alegria era a princesa de Bengala, filha mais velha do monarca do reino homônimo, que mandou lhe construir esse palácio não muito longe da capital, para onde ela costumava vir para aproveitar dos divertimentos do campo. Depois que ela ouviu Firouz Schah com toda a gentileza que ele poderia desejar, ela respondeu da mesma maneira. — Príncipe — disse — tranquilize-se, você não está em um país bárbaro. Hospitalidade, humanidade e polidez reinam tanto no reino de Bengala como no da Pérsia. Não sou eu quem lhe concede a proteção que me pede, você já a encontrou consolidada, não apenas em meu palácio, como também em todo o reino. Pode acreditar em mim e aceitar minha palavra.

O príncipe da Pérsia queria agradecer à princesa de Bengala por sua honestidade e pela graça que ela acabava de lhe conceder com tanta amabilidade, e já tinha abaixado a cabeça até quase o chão para saudá-la, mas ela não lhe deu tempo de falar: — Desejo fortemente — acrescentou — saber por que espécie de maravilha você demorou tão pouco tempo para vir até aqui da capital da Pérsia, e por meio de qual encantamento foi capaz de adentrar meus aposentos, apresentando-se diante de mim tão secretamente que até mesmo enganou a vigilância de minha guarda. Contudo imagino ser impossível não precisar de alimento neste instante e, já que o vejo como um hóspede bem-vindo, prefiro adiar minha curiosidade até amanhã de manhã e ordenar que minhas criadas o alojem em um dos meus quartos e tratem muito bem de você, deixando-o descansar e relaxar até que esteja disposto a satisfazer minha curiosidade, e eu esteja pronta para ouvi-lo.

As criadas — que acordaram com as primeiras palavras que o príncipe Firouz Schah dirigira à princesa, sua senhora — espantaram-se demasiado não somente por vê-lo ao lado da cama da princesa, como também por não conseguir imaginar como ele conseguira ali chegar sem acordar os eunucos, ou mesmo elas. E digo mais: essas criadas mal tinham acabado de ouvir as intenções da princesa e já se vestiam com toda a pressa, prontas a cumprir suas ordens no momento em que ela as proferisse. Cada uma delas tomou então uma das inúmeras velas que iluminavam o quarto da princesa e, quando o príncipe se despediu, retirando-se muito respeitosamente, caminharam diante dele e o conduziram a um lindo quarto, onde algumas já lhe preparavam uma cama, enquanto outras se dirigiam à cozinha e à despensa.

Mesmo sendo uma hora inoportuna, estas últimas criadas da princesa de Bengala não fizeram o príncipe Firouz Schah esperar muito. Trouxeram-lhe muitas variedades de comida, em grande quantidade; ele escolheu o que lhe agradou e, depois de ter comido o suficiente, de acordo com suas necessidades, elas retiraram os pratos e o deixaram ir para a cama, depois de lhe ter mostrado inúmeros armários em que poderia encontrar todas as coisas de que precisasse.

A princesa de Bengala, dominada pelos encantos, pela sagacidade, pela polidez e por todas as outras belas qualidades do príncipe da Pérsia que a haviam impressionado na curta conversa que acabara de ter com ele, ainda não conseguira voltar a dormir quando as criadas voltaram para seu quarto. Perguntou-lhes se tinham cuidado bem dele, se o tinham deixado contente, se nada lhe faltava e, sobretudo, o que pensavam daquele príncipe.

As criadas da princesa, depois de satisfazer suas primeiras perguntas, responderam à última: — Princesa, não sabemos o que você pensa a respeito. Quanto a nós, ficaríamos muito felizes se o rei, seu pai, oferecesse-lhe um príncipe tão amável como marido. Não há ninguém na corte de Bengala que possa ser comparado a ele, nem ouvimos dizer que haja alguém digno de nossa princesa nos Estados vizinhos.

Esse discurso lisonjeiro não desagradou a princesa de Bengala. Mas, como ela não queria declarar seus sentimentos, decidiu ficar em silêncio quanto a eles. — Vocês adoram inventar histórias — disse ela — vão para a cama e me deixem voltar a dormir.

    No dia seguinte, a primeira coisa que a princesa fez ao se levantar foi se arrumar; até então, ela ainda não se esforçara tanto quanto naquele dia para se pentear e se embelezar, sempre consultando o espelho. Nunca suas criadas precisaram de tanta paciência para fazer e desfazer as mesmas coisas repetidamente, até que ela ficasse contente. — Notei que não desagradei o príncipe da Pérsia em minha camisola — disse ela para si mesma — mas ele verá muito mais quando eu estiver de posse de minhas melhores qualidades.
— Ela adornou a cabeça com os maiores e mais brilhantes diamantes; colocou um colar, pulseiras e um cinto de pedras preciosas, tudo de valor inestimável; e o vestido que portava era feito com o tecido mais rico de toda a Índia, exclusivo de reis, príncipes e princesas, e com uma cor que dava conta de beneficiá-la de todas as maneiras possíveis. Depois de consultar o espelho várias vezes e perguntar a todas as criadas, uma após a outra, se havia algo faltando em seus trajes, ela ordenou que fossem ver se o príncipe da Pérsia estava acordado e,

caso já estivesse também vestido — como ela não tinha dúvidas de que ele pediria para vir se apresentar diante dela — ordenou dizerem que ela mesma iria ao encontro dele, pois tinha seus motivos para fazê-lo.

O príncipe da Pérsia, que ganhara no novo dia o que havia perdido na noite anterior, restabelecendo-se totalmente da penosa viagem, acabava de se vestir quando recebeu os cumprimentos da princesa de Bengala por parte de uma de suas criadas.

O príncipe, sem dar tempo à criada para lhe dizer o que viera dizer, perguntou-lhe se a princesa estava em condições de recebê-lo para que ele lhe prestasse seus respeitos e seu dever. Mas, cumprindo as ordens que recebera, a criada relatou o que a princesa lhe pedira e concluiu dizendo: — A princesa é minha senhora, e estou aqui apenas para cumprir as ordens dela.

A princesa de Bengala foi procurar o príncipe da Pérsia assim que soube que ele a esperava. Depois dos cumprimentos recíprocos do príncipe — pedindo-lhe mil perdões por tê-la acordado no auge do sono — e da princesa — que lhe perguntava como passara a noite e em que estado se encontrava —a princesa se sentou no sofá e foi seguida pelo príncipe, que se colocou, por respeito, a certa distância dela.

Então a princesa, tomando a palavra, disse: — Príncipe, eu poderia tê-lo recebido no quarto em cuja cama me encontrou na última noite. Mas, como o chefe dos meus eunucos tem toda a liberdade de lá entrar, e jamais pode adentrar este quarto sem a minha permissão, diante da ansiedade em que me encontro para saber de você a surpreendente aventura que me trouxe a felicidade de vê-lo, preferi vir encontrá-lo aqui, pois certamente nem você nem eu seremos interrompidos. Rogo-lhe então que me conceda tal satisfação.

Para satisfazer a princesa de Bengala, o príncipe Firouz Schah iniciou seu relato com as festividades anuais e solenes do Nevruz em todo o reino da Pérsia e a exposição de todos os espetáculos dignos de sua curiosidade que entretinham a corte persa e praticamente toda a cidade de Xiraz. Chegou então ao episódio do cavalo encantado, cuja descrição — assim como a história das maravilhas que o indiano montado nele havia mostrado diante de uma assembleia tão célebre — convenceu a princesa de que não se poderia imaginar nada mais surpreendente desse tipo no mundo. — Princesa — continuou o príncipe da Pérsia — você pode muito bem pressupor que o rei, meu pai — que não poupa despesas para aumentar seus tesouros com as coisas mais raras e curiosas de que se possa ter conhecimento — deve ter ficado inflamado por um grande desejo de adquirir um cavalo dessa natureza. De fato, ficou, e não hesitou em perguntar ao indiano o que ele queria em troca.

— A resposta do indiano foi muito extravagante: ele disse que não havia comprado o cavalo, e sim que o havia adquirido em troca de sua filha única e que, como só poderia se livrar dele sob condições semelhantes, apenas o cederia se casando, diante do consentimento de meu pai, com a princesa, minha irmã.

— A multidão de cortesãos que cercava o trono do rei, meu pai, ao ouvir a extravagância dessa proposta, começou a gargalhar muito alto. Quanto a mim, senti tamanha indignação que não me foi possível ocultá-la de meu semblante, especialmente quando notei que o rei hesitava sobre o que deveria responder. Na verdade, pensei mesmo ter visto o momento em que ele iria lhe conceder o que pedira, se eu não tivesse expressado vivamente quão terrível seria aquilo para a sua reputação. Minha advertência, porém, não foi capaz de fazê-lo abandonar por completo o desígnio de sacrificar a princesa, minha irmã, a um homem tão desprezível: ele acreditava que eu concordaria com ele se chegasse a compreender — como ele já o fizera — o quanto aquele cavalo era precioso, dada a sua singularidade. Com isso em mente, ele quis que eu o examinasse, montasse e o experimentasse eu mesmo.

— Para agradar o rei, montei no cavalo e, assim que o fiz — como havia visto o indiano colocar a mão em uma cavilha e virá-la para ser conduzido pelo cavalo — sem receber mais nenhuma instrução, repeti as ações dele e, em um instante, fui levado pelos ares com uma velocidade muito maior do que a de uma flecha disparada pelo arqueiro mais forte e experiente.

— Em pouco tempo, eu estava tão longe da terra que não conseguia mais distinguir nenhum objeto em sua superfície, e parecia que estava me aproximando da abóbada do céu com tanta força que tive medo de lá quebrar a cabeça. Em meio ao rápido movimento que me levava tão longe, fiquei por muito tempo como que fora de mim, incapaz de prestar atenção ao perigo a que, de inúmeros modos, estava exposto. Tratei então de virar a cavilha em que havia mexido antes, mas na direção contrária; porém, não houve o efeito que esperava. O cavalo continuou a me levar para o céu, afastando-me cada vez mais da terra. Finalmente, notei outra cavilha. Virei-a, e o cavalo, em vez de subir mais alto, começou a declinar em direção ao solo e, como logo me encontrei em meio à escuridão da noite, não me foi possível conduzir o cavalo até um lugar onde pudesse pousar sem correr nenhum perigo. Assim, segurei as rédeas e me entreguei à vontade de Deus quanto ao meu destino.

— O cavalo finalmente pousou, desmontei e, examinando o local, encontrei-me no terraço deste palácio. Vi a porta da escada entreaberta, desci silenciosamente, e outra porta, de onde vinha um pouco de luz, apresentou-se diante de mim. Passei a cabeça pela porta e, ao ver eunucos adormecidos e uma luz ainda mais forte através de uma divisória, a necessidade premente em que me encontrava — apesar do perigo inevitável que correria caso os eunucos acordassem — inspirou-me com a ousadia, para não dizer temeridade, de avançar levemente até a última porta.

— Não há necessidade, princesa — acrescentou o príncipe — de lhe contar o restante, pois já o conhece. Resta-me apenas agradecer sua bondade e sua generosidade, e pedir que me mostre como posso lhe provar minha gratidão por tão grande gentileza, de forma a deixá-la satisfeita. Como — segundo o direito dos homens — já sou seu escravo, e não posso mais lhe oferecer minha pessoa, resta-me apenas meu coração. O que estou dizendo, princesa? Este coração já não é meu! Você o arrebatou de mim com seus encantos, e de tal maneira que, longe de pedi-lo de volta, deixo-o ao seu dispor. Sendo assim, permita-me declarar que a reconheço como senhora não apenas de meu coração, como também de toda a minha vontade.

O tom e o modo como estas últimas palavras do príncipe Firouz Schah foram proferidas fizeram com que não restassem quaisquer dúvidas à princesa de Bengala quanto ao efeito que ela esperava obter de seus encantos. Ela não se escandalizou com a declaração do príncipe da Pérsia, mesmo que bastante precipitada. O rubor que subiu ao rosto dela só serviu para torná-la ainda mais bonita e mais amável aos olhos do príncipe.

Quando o príncipe Firouz Schah terminou de falar, a princesa de Bengala retomou a palavra: — Príncipe, se você me deu tão grande prazer ao me contar as coisas surpreendentes e maravilhosas que acabei de ouvir, por outro lado, não pude deixar de imaginá-lo no mais alto dos céus com certo pavor e, embora eu o estivesse vendo são e salvo diante de mim, apenas deixei de me preocupar quando me relatou que o cavalo do indiano havia parado tão afortunadamente no terraço de meu palácio, o que poderia ter ocorrido em mil outros lugares. Mas fico muitíssimo feliz que o acaso tenha me dado a preferência, e a oportunidade de o ter conhecido, mesmo sabendo que ele poderia tê-lo enviado para outro lugar, onde jamais seria recebido com mais gratidão e prazer.

— Assim, príncipe, eu ficaria muito ofendida se fosse levada a acreditar que a ideia que me expôs acerca de ser meu escravo fosse séria, ideia que atribuí à sua honestidade, e não a um sentimento sincero. Saiba que a recepção que lhe dei ontem não o torna menos livre aqui do que em meio à corte persa.

— Quanto ao seu coração — acrescentou a princesa de Bengala, em um tom que marcava nada menos do que uma recusa — como estou plenamente convencida de que você não esperou até agora para dispor dele, e que você deve escolher apenas a princesa que o merecer, lamentaria muito se lhe desse motivos para ser infiel a ela.

O príncipe Firouz Schah desejava contestar a princesa de Bengala, dizendo-lhe que ele viera da Pérsia mestre de seu coração; mas, quando estava prestes a falar, uma das criadas da princesa, cumprindo ordens, veio anunciar que o jantar estava servido.

Essa interrupção livrou o príncipe e a princesa de uma explicação que teria embaraçado a ambos, e da qual não precisavam. A princesa de Bengala continuou totalmente convencida da sinceridade do príncipe da Pérsia; quanto ao príncipe, embora a princesa não tivesse se explicado, ele julgou por suas palavras e pela maneira favorável como fora ouvido, que tinha motivos para estar satisfeito com sua felicidade.

Enquanto a criada da princesa mantinha a porta aberta, a princesa de Bengala, levantando-se, disse ao príncipe da Pérsia — que fazia o mesmo — que não costumava jantar tão cedo, mas, como não tinha dúvidas de que jamais lhe preparariam um jantar medíocre, dera ordens para que o servissem mais cedo do que de costume. E, dizendo essas palavras, conduziu-o a um magnífico aposento onde haviam preparado a mesa com uma abundância de excelentes pratos. Sentaram-se à mesa e, assim que tomaram seu lugar, inúmeras escravas da princesa, belas e ricamente vestidas, iniciaram um agradável concerto, permeado por instrumentos e vozes, que durou toda a refeição.

Como o concerto fora executado de forma suave, de modo a não os impedir de conversar, eles passaram grande parte da refeição se alternando entre a princesa servindo o príncipe e o convidando a comer, e o príncipe, a seu turno, servindo a princesa com o que lhe parecia haver de mais apetitoso, com modos e palavras que lhe antecipassem

novas gentilezas e elogios da parte da princesa.
E, nessa troca recíproca de cortesias e atenções,
o amor avançava ainda mais de ambos os
lados, muito mais do que ocorreria em um
encontro premeditado.

    O príncipe e a princesa finalmente se
levantaram da mesa; a princesa conduziu
o príncipe da Pérsia até outro aposento,
ricamente mobiliado, grande e magnífico, tanto
pela estrutura, como pelos tons de ouro e azul
que o adornavam simetricamente. Sentaram-se
no sofá, que tinha uma vista muito agradável
para o jardim do palácio, admirado pelo
príncipe Firouz Schah pela variedade de flores,
arbustos e árvores, bem diferentes das que se
via na Pérsia, sem nada dever à sua beleza.
Aproveitando para associar a conversa com
a princesa ao local, disse ele: — Princesa,
eu pensava que, em todo o mundo, apenas a
Pérsia possuía soberbos palácios e admiráveis
jardins, dignos da majestade dos reis. Mas vejo
que onde quer que haja grandes monarcas,
eles saberão construir moradas adequadas
à sua grandeza e poder e, mesmo havendo
algumas diferenças na maneira de construí-
las e nos adornos, elas se assemelham em
grandeza e magnificência.

— Príncipe — continuou a princesa de Bengala — como não tenho ideia dos palácios da Pérsia, não posso julgar a comparação que você faz deles com os meus, para lhe dizer como me sinto a respeito. Entretanto, por mais sincero que você seja, acho difícil me convencer de que esteja certo. Você pretende que eu acredite que sua benevolência tenha a ver com o que acaba de dizer. No entanto, não quero desprezar meu palácio diante de você: você tem olhos perfeitamente saudáveis e muito bom gosto para não julgar com firmeza. Mas garanto que acho este palácio muito medíocre quando o comparo com o do rei, meu pai, que o supera infinitamente em grandeza, beleza e riqueza. Você mesmo me dirá o que pensará dele quando o vir. Visto que o acaso o trouxe à capital deste reino, não tenho dúvidas de que gostaria de vê-lo e saudar o rei, meu pai, para que ele lhe preste as honrarias devidas a um príncipe de sua posição e de seu merecimento.

Ao despertar no príncipe da Pérsia a curiosidade de ver o palácio de Bengala, e de lá saudar o rei, seu pai, a princesa avaliava que o monarca — vendo um príncipe tão bem-feito, tão sábio e tão bem-sucedido em diversas boas qualidades — talvez se decidisse a lhe propor uma aliança, oferecendo-a como esposa. E, assim — como ela estava bastante convencida de que não era indiferente ao príncipe, e que ele não se recusaria a participar de tal aliança — também esperava conseguir a realização de seus desejos, mantendo o decoro adequado a uma princesa que desejava parecer submissa à vontade do rei. Mas o príncipe da Pérsia não respondeu à proposta de acordo com o que ela esperava.

— Princesa — continuou o príncipe — o que acaba de me dizer, quanto à preferência que dá ao palácio do rei de Bengala sobre o seu, é suficiente para mim, pois jamais acreditaria que não está sendo sincera. Quanto à proposta que me fez, de ir prestar minhas homenagens ao rei, seu pai, eu a cumpriria não apenas com prazer, como me sentiria honrado em fazê-lo. Mas, princesa — acrescentou — deixo que julgue por si própria: será que você mesma me aconselharia a ir me apresentar perante a majestade de tão grande monarca como um aventureiro, sem séquito e sem uma montaria condizente com a minha posição?

— Príncipe — respondeu a princesa — não deixe que isso o prejudique: basta querer e não lhe faltará dinheiro para obter uma montaria exatamente como quer. Eu a fornecerei a você. Temos aqui comerciantes de sua nação em grande número; você poderá escolher quantos quiser para o suprir com algo que o honre.

O príncipe Firouz Schah compreendeu a intenção da princesa de Bengala, e o sinal que ela lhe dava de seu amor por aquele lugar aumentou a paixão que sentia por ela. Mas, por mais forte que fosse esse amor, ele não o fez esquecer de seu dever. Respondeu-lhe então, sem hesitar: — Princesa — disse ele — eu aceitaria de bom grado a amável oferta que me faz, sem poder lhe expressar suficientemente minha gratidão, se a agonia em que se encontra o rei, meu pai, em virtude da distância que nos separa, não me impedisse de fazê-lo. Eu seria indigno da bondade e da ternura que ele sempre teve por mim se não voltasse o mais rápido possível para sua companhia para acabar com sua dor. Eu o conheço, e enquanto tive a felicidade de desfrutar da conversa de uma princesa tão amável, estou convencido de que ele está mergulhado em dores mortais e que já perdeu a esperança de me ver novamente. Espero que seja justa ao compreender que não posso — sem demonstrar ingratidão, sem até mesmo estar cometendo um crime — eximir-me de ir lhe restituir a vida, que poderia ser perdida caso demorasse muito mais para retornar.

— Depois disso, princesa — continuou o príncipe da Pérsia — se me permitir, e me julgar digno de aspirar à felicidade de me tornar seu marido — já que o rei, meu pai, sempre me prometeu que jamais iria me impedir de escolher minha própria esposa — não teria dificuldade em obter sua permissão para aqui voltar, não como desconhecido, e sim como príncipe, para pedir ao rei de Bengala, em nome dele, uma aliança, por meio de nosso casamento. Estou convencido de que ele próprio o fará, assim que eu lhe informar da generosidade com que me acolheu em minha desgraça.

Da maneira como o príncipe acabara de se explicar, a princesa de Bengala era razoável demais para insistir em convencê-lo a se apresentar ao rei de Bengala e exigir que ele fizesse qualquer coisa contra seu dever e sua honra. Mas ela estava alarmada com a partida apressada que ele planejava, pois temia que

— caso ele se despedisse dela tão cedo — em vez de cumprir a promessa que lhe fizera, ele a esqueceria tão logo deixasse de vê-la. Para dissuadi-lo, ela lhe disse: — Príncipe, ao propor ajudá-lo a conseguir ver o rei, meu pai, minha intenção não era me opor a uma motivação tão legítima quanto essa que acaba de me relatar e que eu não havia previsto. Eu me tornaria cúmplice da falta que você iria cometer, se assim pensasse. Porém não posso aprovar sua ideia de ir embora tão rápido quanto parece estar planejando. Conceda-me ao menos o favor que lhe peço, de nos dar um pouco mais de tempo para nos conhecer, já que minha felicidade quis que você chegasse ao reino de Bengala e não no meio de um deserto (ou no cume de uma montanha tão íngreme que lhe seria impossível de lá descer), ficando aqui tempo suficiente para que notícias suas cheguem à corte da Pérsia.

Esse discurso da princesa de Bengala tinha por objetivo fazer com que o príncipe Firouz Schah, ao passar um pouco mais de tempo com ela, ficasse ainda mais apaixonado por seus encantos — na esperança de que, assim, o desejo ardente de voltar para a Pérsia que ela via nele arrefecesse, e ele decidisse, então, aparecer em público e se apresentar ao rei de Bengala. O príncipe da Pérsia não podia honestamente recusar o favor que ela lhe pedia, depois da recepção e da amável acolhida que recebera. Teve então a gentileza de concordar com seus desejos, e a princesa passou apenas a se preocupar em tornar sua estada agradável, apresentando-lhe todas as diversões que ela era capaz de imaginar.

Durante vários dias houve apenas festas, bailes, concertos, banquetes e magníficas refeições, passeios no jardim e caçadas nos parques do palácio — onde havia toda espécie de animais selvagens, cervos, corças, gamos, veados e outras semelhantes, típicas do reino de Bengala, cuja caça inofensiva era conveniente à princesa.

Ao fim dessas caçadas, o príncipe e a princesa se encontravam em algum lugar aprazível do parque, onde lhes estendiam um grande tapete e almofadas, para que pudessem se sentar mais confortavelmente. Ali, enquanto se restabeleciam e descansavam do extenuante exercício que haviam acabado de fazer, conversavam sobre vários assuntos. E a princesa de Bengala cuidava sobretudo de falar acerca da grandeza, do poder, das riquezas e da administração da Pérsia, para poder, por sua vez — a partir das falas do príncipe Firouz Schah — falar-lhe do reino de Bengala e de suas vantagens, conquistando assim sua mente para que ele se decidisse a ali permanecer. Mas aconteceu justamente o contrário do que ela planejara.

De fato, o príncipe da Pérsia — sem exagerar em nada — forneceu-lhe detalhes tão vantajosos da grandeza do reino da Pérsia, da magnificência e opulência que ali reinava, de suas forças militares, do seu comércio terrestre e marítimo com países longínquos — alguns dos quais ela nem sequer ouvira falar — e da quantidade de cidades grandes — quase todas tão populosas quanto aquela que ele escolhera para sua residência, onde havia palácios completamente mobiliados, prontos para recebê-lo segundo as estações do ano, possibilitando-lhe desfrutar de uma primavera perpétua — que, antes mesmo de terminar, a princesa já passara a considerar o reino de Bengala muito inferior ao persa em vários aspectos. A tal ponto que, quando o príncipe pôs fim a seu discurso e lhe pediu que falasse das vantagens do reino de Bengala, ela só se prontificou a fazê-lo depois de inúmeras súplicas.

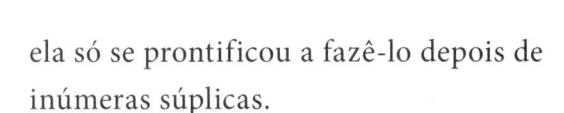

Assim, a princesa de Bengala satisfez o pedido do príncipe Firouz Schah, mas suprimindo várias das vantagens do reino de Bengala, pois sabia que certamente seriam superadas pelos persas. Ela deixou tão claro que estava disposta a acompanhá-lo até seu reino que o príncipe julgou que ela consentiria em ir com ele tão logo ele a convidasse. Porém imaginou que apenas seria apropriado fazê-lo quando tivesse ficado com ela por tanto tempo que seria uma falta de bom senso por parte da princesa retê-lo um pouco mais, impedindo-o de cumprir seu dever imprescindível de voltar para perto do rei, seu pai.

Durante dois meses inteiros, o príncipe Firouz Schah se entregou inteiramente às vontades da princesa de Bengala, participando de todos os divertimentos que ela pudesse imaginar e tivesse a gentileza de lhe proporcionar, como se ele não tivesse outro objetivo na vida a não ser passar tempo se entretendo ao lado dela. Mas, assim que esse prazo findou, disse-lhe, com toda a seriedade, que havia adiado seu dever por tempo demais,

e lhe implorou que, por fim, ela o deixasse
livre para cumpri-lo, repetindo a promessa que
fizera anteriormente: de voltar o mais rápido
possível, com um séquito digno tanto dela
quanto dele, para pedi-la em casamento, como
manda a tradição, ao rei de Bengala.

— Princesa — acrescentou o príncipe
— talvez você desconfie de minhas palavras
e, se me permite dizer, vejo que já me colocou
no mesmo nível daqueles falsos amantes que
acabam se esquecendo do objeto de seu amor
tão logo se afastam dele. Mas, como sinal
da paixão sincera e genuína que me levou
a reconhecer que minha vida só poderá ser
agradável ao lado de uma princesa tão adorável
quanto você — que não posso chegar a duvidar
que me ama — eu ousaria lhe pedir a honra de
levá-la comigo, caso não temesse que pudesse
entender meu pedido como uma ofensa.

Como o príncipe Firouz Schah notou
que a princesa havia corado com estas últimas
palavras e que, sem nenhum sinal de raiva, ela
hesitava quanto ao rumo que deveria escolher,
continuou: — Princesa, posso lhe assegurar
que o rei, meu pai, consentirá tanto em sua
acolhida como em nossa aliança. Quanto ao

que diz respeito ao rei de Bengala, pelas marcas de ternura, amizade e consideração que sempre teve e que ainda conserva por você, ele teria que ser completamente diferente de tudo aquilo que você me descreveu – ou seja, teria que ser inimigo do seu bem-estar e da sua felicidade – se acaso não recebesse com boa vontade a comitiva que o rei, meu pai, enviar-lhe-ia para obter a aprovação de nosso casamento.

 A princesa de Bengala nada disse ao ouvir essa proposta do príncipe da Pérsia, mas seu silêncio e seus olhos baixos fizeram com que ele soubesse — de uma maneira ainda melhor do que se ela tivesse dito qualquer coisa — que ela não se opunha a acompanhá-lo à Pérsia, concordando com seu pedido. Ao que lhe parecia, a única dificuldade era a falta de experiência do príncipe para conduzir seu cavalo, pois ela temia acabar na mesma situação embaraçosa em que ele se encontrara quando havia tentado comandá-lo. Mas o príncipe Firouz Schaha liberou de tal modo desse temor — convencendo-a de que poderia confiar nele e que, depois do que lhe havia acontecido, ele seria capaz de desafiar até mesmo o próprio indiano a conduzir o cavalo com mais desenvoltura do que ele — que ela passou simplesmente a se preocupar em tomar com o príncipe as medidas necessárias para partir do palácio em segredo, de forma a não levantar suspeitas quanto aos seus planos.

Ela assim o fez e, na manhã seguinte, um pouco antes do nascer do sol, quando todo o seu palácio ainda estava envolto em um sono profundo, subiu até o terraço com o príncipe, que virou seu cavalo na direção da Pérsia, deixando bastante lugar para a princesa se sentar na garupa, com toda a facilidade. Ele montou primeiro e — depois que a princesa se sentou confortavelmente atrás dele, abraçou-o para maior segurança e indicou que poderiam sair — virou a mesma cavilha que havia virado na capital da Pérsia, e o cavalo os ergueu no ar.

O cavalo tomou sua velocidade habitual, e o príncipe Firouz Schah o conduziu de tal maneira que, em cerca de duas horas e meia, alcançou a capital da Pérsia. Entretanto ele não desceu na praça principal, de onde havia partido, nem no palácio do sultão, e sim em um palácio de veraneio, não muito longe da cidade. Conduziu a princesa aos mais belos aposentos, onde lhe disse que — para prestar as honrarias que lhe eram devidas — trataria de avisar o sultão, seu pai, de sua chegada, e que ela o veria muito em breve. Enquanto isso, ele daria ordens ao encarregado do palácio, que lá estava, que não lhe deixasse faltar nada de que ela pudesse precisar.

Depois de deixar a princesa em seus aposentos, o príncipe Firouz Schah ordenou ao encarregado que lhe selasse um cavalo. Trouxeram-lhe o animal, ele o montou e — depois de ordenar que o encarregado fosse ter com a princesa e, sobretudo, servisse-lhe um desjejum o quanto antes — partiu. Em todas as ruas da cidade por onde passava, a caminho do palácio, era aclamado pelo povo, que trocava a tristeza pela alegria, depois de ter perdido a esperança de voltar a vê-lo desde seu desaparecimento. O sultão, seu pai, estava em audiência quando ele apareceu diante dele no meio de seu conselho —que, como o sultão, portava luto desde o dia em que o cavalo o levara — e o recebeu com abraços e lágrimas de alegria e ternura, perguntando-lhe ansioso o que havia acontecido com o cavalo do indiano.

Essa pergunta fez com que o príncipe aproveitasse para contar ao sultão o embaraço e o perigo que correra depois que o cavalo o erguera no ar, como ele escapara ileso, como chegara em seguida no palácio da princesa de Bengala, a boa recepção que ela lhe oferecera, as razões que o obrigaram a ficar com ela mais tempo do que deveria e a generosidade com que a tratara para não ofendê-la, até finalmente convencê-la a vir com ele para a Pérsia, depois de ter prometido se casar com ela.

— E, meu senhor — acrescentou o príncipe, concluindo — depois de lhe ter também prometido que meu pai não me negaria seu consentimento, acabei a trazendo comigo no cavalo do indiano. Ela está em um dos palácios de veraneio de vossa majestade, onde a deixei, à espera de que eu vá lhe dizer que não prometi em vão.

Depois dessas palavras, o príncipe se prostrou diante do sultão, seu pai, para reverenciá-lo. Mas o sultão impediu-o de fazê-lo, segurando-o e o abraçando uma segunda vez: — Meu filho — disse ele — não apenas consinto em seu casamento com a princesa de Bengala, como também quero ir conhecê-la pessoalmente, para lhe agradecer pela obrigação que tenho para com ela, trazê-la ao meu palácio e celebrar suas núpcias a partir de hoje mesmo.

Assim, o sultão — depois de ter dado as ordens para a recepção que desejava fazer à princesa de Bengala — determinou que o luto fosse abandonado, que começassem as celebrações — com concertos de tímpanos, trombetas, tambores e todos os outros instrumentos de guerra — e estipulou que o indiano fosse libertado da prisão e trazido à sua presença.

Trouxeram-lhe o indiano e, assim que o apresentaram, o sultão disse: — Aprisionei-o para que sua vida — embora não fosse o suficiente para aplacar minha raiva ou minha dor — pagasse pela vida do príncipe, meu filho. Dê graças a Deus que o encontrei. Vá, tome de volta seu cavalo e não apareça mais na minha frente.

Sabendo, por meio daqueles que o haviam libertado da prisão, do retorno do príncipe Firouz Schah no cavalo encantado trazendo consigo a princesa, do lugar onde ele tinha apeado e onde o deixara — e também que o rei estava se preparando para ir buscá-la e trazê-la para seu palácio — o indiano, tão logo deixou a presença do sultão da Pérsia, não hesitou em se apressar até o palácio de veraneio — lá chegando antes do príncipe e de seu pai — e, dirigindo-se ao encarregado, disse-lhe que vinha em nome do sultão para levar a princesa de Bengala na garupa do cavalo encantado através dos ares até a praça de seu palácio, para que ele pudesse recebê-la e oferecer um espetáculo à sua corte e à cidade de Xiraz.

    O encarregado conhecia o indiano, pois sabia que o sultão havia mandado prendê-lo; mas, vendo-o em liberdade, achou difícil não acreditar na palavra dele. O indiano se apresentou à princesa de Bengala, e ela, assim que soube que ele viera sob ordens do príncipe da Pérsia, consentiu com o que lhe pareceu ser o desejo de seu pretendente.

    O indiano, encantado com a facilidade que encontrava para fazer triunfar sua maldade, montou no cavalo e, com a ajuda do encarregado, colocou a princesa na garupa. Girou então a cavilha e, imediatamente, o cavalo os ergueu, a princesa e ele, até o mais alto dos céus.

    No mesmíssimo instante, o sultão da Pérsia, seguido de sua corte, deixava seu palácio para se dirigir ao palácio de veraneio; o príncipe da Pérsia tomava a dianteira — a fim de preparar a princesa de Bengala para recebê-lo — e o indiano passava sobre a cidade com sua vítima, pronto a desafiar o sultão e o príncipe e se vingar do tratamento injusto que afirmava haver recebido.

Quando o sultão da Pérsia avistou o sequestrador e o reconheceu, ficou paralisado de espanto e tomado de emoção e angústia, ainda mais por não lhe ser possível fazê-lo se arrepender da flagrante afronta que ele lhe causava com tamanho alarde. Atacou-o com milhares de imprecações, com seus cortesãos e todos aqueles que testemunhavam tamanha insolência e inigualável maldade.

O indiano, nem um pouco perturbado por aquelas pragas que lhe chegavam aos ouvidos, continuou seu caminho, enquanto o sultão da Pérsia voltava ao seu palácio, extremamente mortificado por ser afrontado de modo tão atroz e se ver impossibilitado de punir seu autor.

Mas imagine a dor do príncipe Firouz Schah quando viu — com os próprios olhos, sem nada poder fazer para impedi-lo — o indiano lhe levando a princesa de Bengala, a quem ele amava tão apaixonadamente a ponto de não mais suportar viver sem sua companhia! Diante daquela cena, completamente inesperada, ficou paralisado e, antes de se decidir se lançaria insultos ao indiano ou se lamentaria o destino deplorável da princesa, ou ainda se lhe pediria perdão por sua falta de precaução — pois se demorara a ir ter com ela, que se entregara a ele de uma maneira que demonstrava tão bem o quanto o amava — o cavalo, que a ambos carregava com uma velocidade incrível, já os ocultara de sua vista. Que decisão tomar? Voltaria ele ao palácio do sultão, seu pai, para se trancar em seu apartamento e mergulhar na aflição, sem nada fazer para ir atrás do sequestrador, livrar das mãos dele sua princesa e puni-lo como ele bem merecia? Sua generosidade, seu amor e sua coragem não permitiriam que assim fizesse. Ele continua então em seu caminho rumo ao palácio de veraneio.

À chegada do príncipe, o encarregado — que notara como fora ingênuo, deixando-se enganar pelo indiano — apresenta-se diante dele com lágrimas nos olhos e, atirando-se aos seus pés e se acusando do crime que acreditava ter cometido, pede-lhe a condenação à morte por suas mãos.

— Levante-se — disse-lhe o príncipe — não é a você que imputo o rapto de minha princesa, e sim apenas a mim mesmo e à minha credulidade. Sem perder mais tempo, traga-me uma roupa de dervixe⁶, tomando cuidado para que ninguém saiba que é para mim.

Não muito longe do palácio de veraneio havia um presbitério de dervixes, cujo xeique — ou superior — era amigo do encarregado. Este foi então procurá-lo e, inventando certo infortúnio de um respeitável oficial da corte — a quem devia muitos favores e que se alegraria muito se ele o ajudasse a escapar da cólera do sultão — não teve dificuldades em obter o que pedira. Trouxe assim um traje completo de dervixe para o príncipe Firouz Schah. Depois de tirar as próprias roupas, o príncipe se vestiu com aquele hábito. Assim disfarçado, e munido para as despesas e necessidades da viagem que estava prestes a realizar — além de uma caixa

---

6   Praticante do islamismo sufista que segue ascetismo similar ao praticado por ordens mendicantes de cristãos, hindus, budistas e jainistas. (N. do T.)

de pérolas e diamantes que levava de presente à princesa de Bengala — deixou o palácio de veraneio no início da noite, incerto quanto ao caminho que deveria tomar, mas decidido a não retornar até encontrar a princesa e trazê-la de volta.

Voltemos ao indiano. Ele conduziu o cavalo encantado de maneira a chegar sem qualquer demora a um bosque perto da capital do reino da Caxemira. Como precisava comer, e julgando que a princesa de Bengala tivesse a mesma necessidade, apeou no bosque, deixando a princesa em um local gramado, perto de um ribeirão com água muito fresca e límpida.

Durante a ausência do indiano, a princesa de Bengala, que se via sob o poder de um indigno sequestrador, e cuja violência temia, pensou em fugir e procurar um refúgio; mas, como havia comido muito pouco — logo ao chegar ao palácio de veraneio, bem cedo pela manhã — sentia-se tão fraca para realizar seu plano que foi forçada a abandoná-lo, restando-lhe apenas sua coragem e a firme resolução de preferir morrer a ser desleal ao príncipe da Pérsia. Assim, ela não aguardou até que o indiano a chamasse uma segunda vez para comer. Alimentou-se e recuperou as forças para responder com bravura aos discursos insolentes que ele iniciou ao fim da refeição. Depois de várias ameaças, e ao ver que o indiano se preparava para agredi-la, levantou-se para lhe oferecer resistência, gritando com força. Instantaneamente, seus gritos atraíram uma tropa de cavaleiros, que acabou por cercar o indiano e ela.

Tratava-se do sultão do reino da Caxemira, que, ao voltar de uma caçada com seu séquito, passava por aquele lugar — para a felicidade da princesa de Bengala — e veio correndo ao ouvir o barulho. Dirigiu-se ao indiano e perguntou quem era e o que pretendia com a dama que ali estava. Descaradamente, o indiano respondeu que aquela era sua esposa e que não cabia a ninguém saber das desavenças que tinha com ela.

A princesa, que não conhecia nem a qualidade nem a dignidade do homem que se apresentava tão oportunamente para libertá-la, desmentiu o indiano. — Meu senhor, quem quer que seja — disse ela — que o céu enviou em minha ajuda, tenha compaixão de uma princesa e não acredite em um impostor. Deus me livre de ser a esposa de um indiano tão vil e desprezível! Trata-se de um mago abominável que hoje mesmo me sequestrou do príncipe da Pérsia — a quem eu estava destinada como esposa — e me trouxe aqui no cavalo encantado que está vendo.

A princesa de Bengala não precisou dizer mais nada para convencer o sultão da Caxemira de que contava a verdade. Sua beleza, seu ar régio e suas lágrimas falavam por ela. Ela queria continuar a falar, mas, em vez de ouvi-la, o sultão da Caxemira — justamente indignado com a insolência do indiano — cercou-o imediatamente e ordenou que lhe cortassem a cabeça. Tal ordem foi cumprida com extrema facilidade, já que o indiano, que cometera o sequestro logo ao sair da prisão, não tinha qualquer arma para se defender.

A princesa de Bengala, liberta da perseguição do indiano, caiu em outra prisão que não lhe foi menos dolorosa. O sultão, depois de lhe oferecer um cavalo, levou-a para seu palácio, hospedando-a nos mais magníficos aposentos depois de seus próprios, e pôs à sua

disposição um grande número de escravas, a fim de servi-la e lhe fazer companhia, além de uma guarda de eunucos. Levou-a ele próprio a esses aposentos, onde, sem lhe dar tempo de agradecer da maneira que intentava fazer pelo grande favor que lhe prestava, disse-lhe:
— Princesa, não tenho dúvidas de que precise descansar. Deixo-a livre para fazê-lo. Amanhã, poderá me contar melhor as circunstâncias da estranha aventura que lhe aconteceu. — E, ditas tais palavras, retirou-se.

A princesa de Bengala ficou inexprimivelmente feliz ao se ver em tão pouco tempo livre da perseguição de um homem para quem ela só era capaz de olhar com horror, e imaginava que o sultão da Caxemira estivesse disposto a prosseguir com sua generosidade, enviando-a de volta ao príncipe da Pérsia, assim que ela pudesse lhe explicar o quanto era dedicada a ele, suplicando-lhe que lhe fizesse esse favor. Mas ela estava longe de ver tudo aquilo que imaginara ser cumprido.

Na verdade, o rei da Caxemira resolvera desposá-la no dia seguinte, e anunciara os festejos ao raiar do dia, ao som de tímpanos, tambores, trombetas e outros instrumentos próprios para inspirar alegria, ressoando não só no palácio, como por toda a cidade. A princesa de Bengala acordou com o barulho desses turbulentos concertos e atribuiu sua causa a inúmeros outros motivos, menos àquele que era o verdadeiro. Porém, quando o sultão da Caxemira — que ordenara que o informassem quando ela estivesse pronta para receber visitas — veio vê-la e, depois de perguntar sobre sua saúde, informou-a de que as fanfarras que ouvira tinham como objetivo tornar suas núpcias mais solenes — e também que ela tomaria parte nelas — ela ficou tão consternada que acabou desmaiando.

As criadas da princesa, que estavam presentes, correram em seu socorro, e o próprio sultão se esforçou para despertá-la, mas ela permaneceu nesse estado por um longo tempo antes de recuperar os sentidos. Por fim, voltou a si e, então, em vez de faltar à palavra que havia dado ao príncipe Firouz Schah, consentindo nas núpcias que o sultão da Caxemira havia decidido sem consultá-la, decidiu fingir ter perdido a razão ao ter desmaiado. A partir de então, começou a dizer extravagâncias na presença do sultão e chegou a se levantar como se fosse se jogar sobre ele, fazendo com que o sultão ficasse muito surpreso e aflito com o infeliz incidente. Vendo que ela não estava plenamente consciente, deixou-a com as criadas, recomendando-lhes que não a abandonassem e cuidassem muito bem dela. No decorrer do dia, encarregou-se de enviar alguém inúmeras vezes para perguntar sobre o estado em que ela se encontrava e, a cada vez, diziam-lhe que continuava da mesma forma, ou que sua doença progredia, em vez de regredir. À noite, sua moléstia pareceu ainda mais grave do que durante o dia e, assim, o sultão da Caxemira não se viu tão feliz quanto havia imaginado que ficaria naquele entardecer.

A princesa de Bengala não apenas continuou com seus discursos extravagantes e outras marcas de grande loucura no dia seguinte, como também nos dias que se sucederam, até que o sultão da Caxemira se viu obrigado a reunir os médicos da corte para lhes falar de sua doença e perguntar se conheciam algum remédio para curá-la.

Os médicos, depois de conversar entre si, responderam de comum acordo que havia vários tipos e graus daquela doença, alguns dos quais, de acordo com sua natureza, poderiam ser curados, ao passo que outros eram incuráveis, e que não poderiam julgar a natureza daquilo que acometera a princesa de Bengala sem vê-la. O sultão ordenou que os eunucos os levassem até o quarto da princesa, um após o outro, seguindo sua hierarquia.

A princesa — prevendo o que poderia acontecer, e temendo que até mesmo os médicos menos experientes ficassem sabendo que ela estava bem e sua doença era apenas fingimento caso os deixasse se aproximar dela e viessem apalpar seu pulso — começou a representar enormes espetáculos hostis, disposta a encará-los fixamente quando chegassem perto dela, de tal modo que ninguém ousaria se expor a isso.

Alguns daqueles que se diziam mais habilidosos do que os outros, e que se gabavam de julgar as doenças pela simples visão dos doentes, encomendavam-lhe determinadas poções, que ela tomava sem grandes dificuldades, já que tinha certeza de que cabia a ela ficar doente o quanto quisesse, e que essas poções não seriam capazes de machucá-la.

Quando o sultão da Caxemira percebeu que os médicos da corte nada haviam feito para a recuperação da princesa, convocou os doutores de sua capital, cuja ciência, habilidade e experiência não obtiveram melhor sucesso. Em seguida, conclamou os médicos das outras cidades de seu reino, em especial os mais renomados no exercício da profissão. A princesa não lhes deu melhor recepção do que a primeira, e nada daquilo que receitavam surtia qualquer efeito. Por fim, enviou mensageiros aos estados, reinos e cortes dos príncipes vizinhos, com pedidos formais de consultas aos médicos mais célebres, com a promessa de pagar a viagem daqueles que viessem visitar a capital da Caxemira e recompensar magnificamente aquele que curasse a doente.

Vários desses médicos empreenderam a viagem, mas nenhum poderia se gabar de ter sido mais afortunado do que os doutores de sua corte e de seu reino, e de ter colocado a cabeça da paciente de volta ao normal, algo que certamente não dependia deles, nem de sua habilidade, e sim da vontade da própria princesa.

ALI BABÁ
e os Quarenta Ladrões

Entrementes, o príncipe Firouz Schah, disfarçado com os trajes de dervixe, havia percorrido várias províncias e suas principais cidades, extremamente preocupado, sem dar atenção à fadiga das viagens, e sem saber se estava tomando um caminho contrário ao que deveria ter feito para obter as notícias que procurava.

Atento aos boatos que lhe contavam em todos os lugares por onde passava, chegou finalmente a uma grande cidade das Índias, onde muito se falava a respeito de uma princesa de Bengala, cujo espírito havia se transformado no mesmíssimo dia em que o sultão da Caxemira pretendia celebrar seu casamento com ela. Ao ouvir o nome da princesa de Bengala, supondo ser ela o objetivo de sua viagem — algo muito provável, já que ele jamais soubera haver na corte de Bengala outra princesa além da sua — e acreditando nos rumores populares que se espalhavam, ele tomou a estrada para o reino e a capital da Caxemira. Chegando à cidade, hospedou-se em um cã, onde logo ficou sabendo da história da princesa de Bengala, do infeliz e merecido fim do indiano que a trouxera no cavalo encantado e das inúteis despesas que o sultão vinha tendo ao trazer médicos que não haviam podido curá-la — e tudo isso lhe deu toda a certeza de que a tal princesa era aquela que ele viera buscar.

O príncipe da Pérsia, informado de todos esses pormenores, mandou fazer no dia seguinte um jaleco de médico e, com esse jaleco e a longa barba que deixara crescer durante a viagem, deu-se a conhecer como doutor ao passear pelas ruas. Impaciente para ver a princesa, não demorou a se dirigir ao palácio do sultão, onde pediu para falar com um oficial. Levaram-no até o chefe deles, e o príncipe lhe disse então que talvez considerassem uma ousadia que ele, como médico, viesse se apresentar para tentar curar a princesa, depois de tantos outros antes dele não terem conseguido; mas que esperava, em virtude de alguns remédios específicos que conhecia e com os quais tinha experiência, obter-lhe a cura que ainda não haviam podido lhe dar. O chefe dos oficiais lhe disse que era bem-vindo, que o sultão o receberia com prazer e que, caso conseguisse lhe dar a satisfação de ver a princesa restabelecida, poderia esperar uma recompensa condizente com a generosidade do sultão, seu senhor e mestre. —

Espere aqui por mim — acrescentou — voltarei em um instante.

Já fazia algum tempo que nenhum médico se apresentava, e o sultão da Caxemira, com muita dor, perdera todas as esperanças de ver novamente a princesa de Bengala no estado de saúde em que a conhecera e, ao mesmo tempo, de desposá-la, mostrando-lhe o quanto a amava. Dado tudo isso, ordenou ao chefe dos oficiais que lhe trouxesse prontamente o médico que acabara de anunciar.

O príncipe da Pérsia foi apresentado ao sultão da Caxemira disfarçado de médico, e o sultão, sem perder tempo com discursos supérfluos e depois de lhe dizer que à princesa de Bengala bastava avistar um médico que começava a ter crises que apenas aumentavam sua doença, fez com que ele subisse a um gabinete no sótão, de onde poderia observá-la por uma janela sem ser visto.

O príncipe Firouz Schah subiu as escadas e viu sua amável princesa sentada de maneira descuidada, com lágrimas nos olhos, entoando uma canção em que lamentava seu infeliz destino, que a privara, talvez para sempre, daquele que tanto amava.

O príncipe, comovido com a triste situação em que viu sua querida princesa, não precisou de mais sinais para compreender que a doença era falsa, e que ela agonizava por sua angustiante condição. Desceu do gabinete e, após informar ao sultão que acabara de descobrir a natureza da doença da princesa e que ela não era incurável, disse-lhe que, para conseguir sua cura, seria necessário que ele falasse com ela em particular e, quanto às explosões que ela tinha ao ver os médicos, esperava que ela não apresentasse empecilhos para recebê-lo e ouvi-lo.

O sultão fez com que abrissem a porta do quarto da princesa, e o príncipe Firouz Schah lá entrou. Assim que a princesa o viu surgir, tomando-o por um médico, já que ele usava um jaleco, levantou-se como que furiosa, ameaçando-o e o insultando. Isso não impediu que ele se aproximasse e, quando estava perto o suficiente para se fazer ouvir — querendo ser ouvido apenas por ela — disse-lhe em voz baixa e com um ar respeitoso para que acreditasse nele: — Princesa, não sou médico. Imploro que me reconheça; sou eu, o príncipe da Pérsia, e vim libertá-la.

Pelo tom de voz e pelos traços do alto de seu rosto, que ela ao mesmo tempo reconheceu — apesar da longa barba que o príncipe deixara crescer — a princesa de Bengala se tranquilizou, deixando em um instante transparecer no rosto a alegria causada por aquilo que mais se deseja e que menos se espera. A agradável surpresa em que ela se encontrou a privou por algum tempo da fala, e fez com que o príncipe Firouz Schah lhe falasse do desespero em que se viu mergulhado no momento em que viu o indiano sequestrá-la e levá-la consigo, da resolução que havia tomado desde então de abandonar tudo para procurá-la onde quer que fosse na Terra – não parando até que a encontrasse e a arrebatasse das mãos daquele pérfido — e, por fim, da alegria que por fim sentiu, depois de uma viagem perturbadora e exaustiva, quando teve a satisfação de encontrá-la no palácio do sultão da Caxemira. Quando terminou de falar, com o mínimo de palavras possível, implorou à princesa que o informasse sobre o que lhe acontecera desde o sequestro até aquele momento em que tinha a sorte de falar com ela, lembrando-lhe que era importante que ele soubesse de tudo, a fim de tomar as medidas acertadas para libertá-la da tirania do sultão da Caxemira.

A princesa de Bengala não tinha um longo discurso a fazer ao príncipe da Pérsia, pois lhe bastou contar como havia sido libertada da violência do indiano pelo sultão da Caxemira, que retornava de sua caçada, e como, no dia seguinte, fora cruelmente abordada por ele, com sua declaração acerca do plano precipitado que tomara para se casar com ela no mesmo dia sem sequer lhe ter pedido consentimento — uma conduta violenta e tirânica que a levara a desmaiar — desmaio seguido pela atitude que tomara — o único curso a seguir que lhe ocorrera — buscando melhor se preservar para o príncipe a quem ela havia dado seu coração e sua fé ou, caso não tivesse sucesso, preferindo morrer a se entregar a um sultão que não amava, nem poderia amar.

O príncipe da Pérsia, a quem a princesa de fato não tinha mais nada a dizer, perguntou-lhe se ela sabia o que havia acontecido com o cavalo encantado após a morte do indiano. — Não sei — respondeu ela — que espécie de ordem o sultão poderá ter dado, mas, depois do que eu lhe disse a respeito, devo acreditar que ele não o deixou de lado.

Como o príncipe Firouz Schah não tinha dúvidas de que o sultão da Caxemira havia guardado o cavalo com todo o cuidado, comunicou à princesa sua intenção de usá-lo para levá-la de volta à Pérsia, e ambos concordaram quanto aos meios que deveriam tomar para ter sucesso, para que nada impedisse sua execução e, em especial, que ela não deveria estar de roupão — como estava agora — vestindo-se com civilidade para receber o sultão, quando o príncipe o trouxesse até ela, sem que no entanto ela tivesse que se obrigar a falar com ele.

O sultão da Caxemira ficou radiante quando o príncipe da Pérsia lhe contou o que havia feito em sua primeira visita para promover a recuperação da princesa de Bengala. No dia seguinte, ele já o considerava o melhor médico do mundo, quando a princesa o recebeu de maneira a convencê-lo de que sua cura estava realmente bem avançada, como ele lhe fizera entender.

Vendo-a naquele estado, contentou-se em dizer como estava encantado em vê-la em condições de recuperar em breve sua saúde perfeita e, depois de exortá-la a concordar com tudo o que aquele médico tão hábil lhe dissesse e a confiar nele sem restrições, a fim de concluir o que começara tão bem, retirou-se sem esperar qualquer palavra por parte dela.

O príncipe da Pérsia, que estava com o sultão da Caxemira, saiu com ele dos aposentos da princesa e pediu, sem faltar ao respeito que lhe era devido, se poderia lhe perguntar por que espécie de aventura uma princesa de Bengala acabara sozinha no reino da Caxemira, um lugar tão distante de seu país — como se ele não soubesse de tudo e a princesa não lhe tivesse contado nada a respeito — intentando fazer com que o sultão mencionasse no relato o cavalo encantado e saber de sua boca o que havia feito dele.

O sultão da Caxemira, que não poderia compreender os motivos de o príncipe da Pérsia ter lhe feito tal pedido, não fez mistério acerca do ocorrido, contando-lhe praticamente o mesmo que o príncipe havia ouvido da princesa de Bengala. Quanto ao cavalo encantado, ele o guardara em seu tesouro como grande raridade, embora não soubesse como poderia vir a usá-lo.

— Meu senhor — retomou o falso médico — o conhecimento que vossa majestade acaba de me fornecer é suficiente para que eu tenha os meios para completar a cura da princesa. Como ela foi carregada na garupa desse cavalo, e ele está encantado, ela acabou por contrair algo do encantamento, o que só poderá ser dissipado com certos perfumes que conheço. Se vossa majestade desejar me fazer esse favor, e oferecer ao mesmo tempo um espetáculo surpreendente à sua corte e ao povo de sua capital, peço-lhe que mande trazer o cavalo para o meio da praça em frente ao seu palácio amanhã, e deixe o resto a meu encargo. Prometo mostrar a seus olhos e aos de toda a assembleia, em poucos instantes, a princesa de Bengala tão sã de corpo e alma como jamais esteve em sua vida. E, para que tudo aconteça com todo o esplendor que lhe é merecido, convém que a princesa se vista da maneira mais deslumbrante possível, com as joias mais preciosas que vossa majestade possa ter.

O sultão da Caxemira teria feito coisas muito mais difíceis do que aquelas que o príncipe da Pérsia lhe propusera para alcançar a satisfação de seus desejos, que ele considerava tão próxima. No dia seguinte, sob suas ordens, o cavalo encantado foi retirado do tesouro e colocado, de manhã bem cedo, na grande praça do palácio; e logo se espalhou por toda a cidade o boato de que se tratava da preparação para algo extraordinário que estava para acontecer, fazendo com que uma multidão lá se reunisse, vindo de tudo quanto é lugar. Os guardas do sultão foram dispostos por toda a praça, para evitar qualquer desordem e deixar vazio um grande espaço ao redor do cavalo.

O sultão da Caxemira apareceu e, depois de assumir seu lugar sobre um palanque, cercado pelos principais senhores e oficiais de sua corte, a princesa de Bengala, acompanhada por todo o grupo de criadas que o sultão lhe havia designado, aproximou-se do cavalo encantado e nele montou, auxiliada pelas criadas. Já na sela, com os pés bem fixos em ambos os estribos e as rédeas na mão, o pretenso médico colocou ao redor do cavalo várias caçarolas grandes cheias de fogo — que havia pedido que trouxessem — e, virando-se, lançou em cada uma um perfume composto de vários tipos de essências das mais requintadas.

Então, recolhido em si mesmo, os olhos baixos e as mãos postas no peito, deu três voltas em torno do cavalo, fingindo pronunciar algumas palavras e — assim que as caçarolas começaram a exalar simultaneamente uma fumaça espessa e um cheiro doce, cercando a princesa de tal modo que ficara difícil entrever tanto ela como o cavalo — lançou-se com agilidade na garupa atrás da princesa, colocou a mão na cavilha de partida e a virou. Logo que o cavalo ergueu a princesa e ele em pleno ar, disse então estas palavras, em voz alta e com tanta clareza que o próprio sultão as ouviu: — Sultão da Caxemira, quando quiser se casar com princesas que imploraram sua proteção, primeiro tente obter o consentimento delas.

Foi assim que o príncipe da Pérsia recuperou a princesa de Bengala, levando-a de volta naquele mesmo dia, em pouquíssimo tempo, à capital da Pérsia, onde não foi apear no palácio de veraneio, e sim no meio do palácio real, diante dos aposentos do pai. E o rei da Pérsia apenas adiou a solenidade de casamento do filho com a princesa de Bengala pelo tempo necessário para os preparativos, a fim de tornar a cerimônia ainda mais luxuosa e dar ainda mais destaque à parte que lhe cabia.

Assim que o número de dias fixado para os festejos acabou, o primeiro cuidado que o rei da Pérsia tomou foi nomear e enviar uma célebre embaixada ao rei de Bengala, a fim de lhe relatar tudo o que havia acontecido e lhe pedir a aprovação e a ratificação da aliança que acabara de firmar com ele por meio daquele casamento, algo que o rei de Bengala, depois de se informar acerca de tudo o que se passara, considerou uma honra e um prazer conceder.

Impressão e Acabamento
Gráfica Oceano